Der Dealer fiel wie ein B[illegible]
alten Mülltonnen. Da[illegible]
unglücklich um, daß d[illegible]
lenden Abfall begraben [illegible]

Perry Brixton rieb sein[illegible] Der Schlag hatte auch ihm w[illegible] aber es hatte sein müssen, denn Koko – so hieß der Dealer – hatte schon zu viele Opfer auf dem Gewissen. Er war einer der großen Stoffverkäufer gewesen, hatte seine Geschäfte mit all den Unglücklichen, den Süchtigen, gemacht. Doch gefaßt oder bestraft hatte man ihn bisher nicht.

Bis zu dieser Nacht.

Da war ihm Brixton auf den Fersen gewesen, hatte ihn beim Verkauf beobachtet und fotografiert, ihn verfolgt und letztendlich in diesen Hinterhof getrieben, wo er ihn hatte stellen können. Es war Koko nicht mal gelungen, sich großartig zu wehren. Mit einem Tritt hatte er es versucht, mehr nicht. Dann war er von dem mörderischen Fausthieb erwischt und zwischen die Tonnen an der Wand geschleudert worden.

Dort lag er jetzt. Nur seine Beine waren zu sehen. An deren Haltung erkannte Perry, daß Koko auf dem Bauch lag, begraben von stinkenden Abfällen, alten Lumpen, feuchtem Papier und anderen undefinierbaren Dingen.

Es war dunkel in diesem Geviert, auch eng. Licht mußte man sich denken. Eine dicke Wolkenschicht verhüllte den Himmel. Nur hin und wieder ließ sie den abnehmenden Mond sehen, der blaß aus dem Dunkel hervorglotzte.

Sekundenlang hatte sich Koko nicht gerührt und auch nicht gemeldet. Er stand sicherlich unter Schock. Vielleicht war er auch k.o. gegangen, das war alles möglich, denn der Dealer gehörte nicht eben zu den Leuten mit Nehmerqualitäten.

Die Zeit des Schocks ging vorbei. Der Abfall bewegte sich, weil sich auch Koko bewegte, und er fing an zu jammern. Die Laute hörten sich dumpf an.

»Komm hoch!« befahl Perry.

Koko blieb liegen.

Brixton ärgerte sich. »Hast du nicht gehört, verdammt? Du sollst hochkommen.«

Der Dealer bewegte sich. Jetzt heftiger. Er räumte auch den Abfall zur Seite. Dabei fluchte er, spuckte und würgte. Sein Kopf war zuerst zu sehen. Er trug noch immer die dunkle Strickmütze. In seinem Gesicht klebten die feuchten Reste, die er mit dem Handrücken abwischte.

Er kniete sich mühsam hin und starrte zu Perry hoch. Der Streetworker stand vor ihm, winkte mit der rechten Hand und forderte Koko so auf, endlich aufzustehen.

Der Dealer spie vor Perrys Füße. Brixton nahm ihm dies nicht arg übel. Wer wußte schon, was im Mund des Dealers gesteckt hatte? Bestimmt keine Süßigkeiten.

»Willst du nicht aufstehen?«

»Scheiße!« keuchte Koko. »Verdammte Scheiße!« Er hatte Mühe mit dem Sprechen. »Du hast mir irgendwas gebrochen, du Schwein! Ich kann – ich kann kaum reden.«

»Ich werde es schon verstehen. Und du wirst mir viel zu sagen haben. Du wirst singen wie eine Nachtigall, das kann ich dir versprechen.«

»Leck mich!«

»Nein, keinen Gefallen.«

Koko fluchte wieder. Er stand tatsächlich auf. Er trug einen schwarzen Anzug und darunter ein schwarzes Hemd. Nun klebte jedoch ein Querschnitt des Inhalts aus der Abfalltonne auf seinen Kleidern, und das war nicht gerade eine erhebende Dekoration. Der Treffer hatte Koko tatsächlich weh getan. Er konnte sich nur mühsam auf den Beinen halten. Wie ein Rohr im Wind schwankte er, aber er dachte auch an den Schmutz an der Kleidung und wischte ihn mit beiden Händen weg so gut wie möglich.

Perry Brixton nutzte die Gunst des Augenblicks. Koko würde versuchen, die Flucht zu ergreifen, sobald er sich wieder in der Lage dazu sah. Er war hinterlistig, schlau, gerissen, einer, der nie aufgab und stets versuchte, seine Chancen zu nutzen. Er wiegte andere in Sicherheit und war durchaus mit einem gewissen Charme gesegnet. Das alles interessierte den Streetworker nicht, der sich mit den Armen des Mannes beschäftigte, sie nach hinten zerrte und ihm Handschellen anzulegen versuchte. Mit Erfolg. Der Dealer mußte es geschehen lassen.

»Das wirst du bereuen, Brixton, ich schwöre es dir.«

»Ich weiß.«

»Nimm es nicht zu leicht!«

Perry stieß Koko in den Rücken. »Wir werden uns jetzt auf den Weg machen. Ich habe mir eine wunderbare Übernachtungsmöglichkeit für dich ausgesucht. Du wirst begeistert sein, denn dort hast du deine Ruhe. Und wenn du ganz brav bist, darfst du dich auch waschen. Alles andere kannst du vergessen. Vor allen Dingen deinen verdammten Stoff.«

Koko blieb stehen. Nach dem zweiten Stoß ging er zwar wieder los, aber er stoppte auch bald wieder.

»Soll ich dich tragen, Koko?«

»Nein.«

»Dann geh, verdammt!«

»Ich will dir was sagen, Brixton!«

Perry hatte zunächst nicht auf die Worte hören wollen. Ihn hatte der Klang der Stimme allerdings mißtrauisch gemacht. Durch seine jahrelangen Erfahrungen als Streetworker war er es gewohnt, mit Menschen umzugehen. Er kannte sich mit ihnen aus und glaubte zu wissen, wann sie logen oder wann sie eine echte Botschaft mitzuteilen hatten.

Koko schien ihm wirklich etwas sagen zu wollen. Perry richtete sich darauf ein. Deshalb ging er auch um den Dealer herum und blieb vor ihm stehen. Er wollte auch sein Gesicht sehen, obwohl das in der Dunkelheit nicht so einfach war.

Koko sah eigentlich aus wie ein lieber Junge. Er trug ein harmloses Gesicht zur Schau, und gerade dieser Ausdruck hatte schon so manchen eingewickelt, weil man ihm nichts Böses zutraute. Pustewangen, große Augen, ein rundes Kinn, eine Nase, deren knubbelige Spitze nach oben zeigte.

»Was hast du mir zu sagen?«

Koko spie aus. »Du wirst an deinem eigenen Blut ersticken, Brixton, und du wirst auch durch dein eigenes Blut getötet werden!«

Perry war sprachlos. Er hatte mit allem gerechnet, nur nicht mit einer derartigen Drohung. Er konnte auch nicht vermeiden, daß ihm ein kalter Schauer über den Rücken lief und sich etwas in seinem Inneren verkrampfte.

Koko kicherte. »Jetzt bist du von der Rolle, wie?«

»Nein, bin ich nicht.«

»Doch, ich sehe es dir an!«

»Irrtum. Ich überlege nur, weshalb du mir diesen Mist einreden willst. Das ist es.«

»Wieso Mist? Es stimmt.« Koko hatte so heftig gesprochen, daß Speichel aus seinem Mund sprühte und einige Tropfen Perrys Gesicht benetzten. Der schüttelte sich. Er dachte noch immer über diese Drohung nach.

»Jetzt bis du fertig, wie?«

»Nein, bin ich nicht. Ich denke nur nach, wie du auf einen derartigen Mist kommst.«

»Das ist die Wahrheit.«

»Wer hat dir das gesagt? Woher weißt du, daß ich an meinem eigenen Blut ersticken werde?«

»Man wird dir die Kehle aufschneiden, Brixton, und ich weiß auch, wer dich killen wird.«

»Dann sag es.«

»Deine Schwester!«

Brixton schloß die Augen. Das war der zweite Schlag, der ihn erwischte. Es stimmte. Er hatte eine Schwester. Sie hieß Debora. Aber der Kontakt zwischen den Geschwistern war längst abgebrochen, denn Debora war ihre eigenen Wege gegangen. Mit ihrer Familie hatte sie nichts, aber auch gar nichts zu tun haben wollen, denn sie interessierte sich für Dinge, an die andere Menschen nicht mal dachten. Und Perry wollte darüber auch nicht nachdenken.

»Warum sagst du denn nichts, Mr. Streetworker? Hat es dir die Sprache verschlagen?«

»Meine Schwester ist für mich gestorben.«

Die Antwort hatte Koko lustig gefunden, sonst hätte er nicht so gelacht. »Gestorben?« fragte er dann. »Bist du denn irre? Sie ist nicht tot. Sie lebt.«

»Das weiß ich. Aber für *mich* ist sie gestorben.«

»Sie lebt sehr gut, sage ich dir. Sie ist die Königin der Friedhöfe.«

»Was ist sie?«

Koko wiederholte den Satz. Er grinste dabei wie jemand, der sich seiner Sache sicher war. Da stimmte ihm Brixton innerlich zu. Der Dealer kam herum. Er suchte die dunklen Orte auf, wo er nicht beobachtet werden konnte, wenn er seine Geschäfte tätigte. Dazu gehörten nicht nur die Hinterhöfe oder Toiletten in einschlägigen Lokalen, auch Friedhöfe zählten zu seinen bevorzugten Verkaufsplätzen. Deshalb war es nicht von der Hand zu weisen, daß er sich dort auskannte. Zudem gab es Dealer, die ihre heiße Waren dort lagerten.

Koko blies Perry seinen Atem ins Gesicht. Er stank nach Essig und Knoblauch. »Du kannst es dir ja überlegen, Streetworker.«

»Was denn?«

»Ob du deine Schwester sehen und begrüßen willst – oder nicht.«

Brixton versuchte, es lässig zu nehmen. »Und was solltest du dabei tun?«

»Eine Menge. Ich würde dich sogar zum Friedhof hinführen, wenn es dir genehm ist. Diese Nacht ist gut. Noch ist der Mond voll. Da wird sie unterwegs sein.«

»Wie heißt der Friedhof?«

Der Dealer lachte meckernd, als hätte er sich in eine Ziege verwandelt. »Ich werde doch nicht so dumm sein und dir das sagen. Wir können einen Deal machen ...«

Perry ahnte, was kam, trotzdem fragte er: »Welchen Deal meinst du?«

»Ganz einfach. Du läßt mich später wieder laufen, und die Sache ist erledigt.«

»Das dachte ich mir. Aber da irrst du dich. Ich werde dich nicht laufenlassen.«

»Und deine Schwester?« erkundigte sich Koko lauernd.

»Die ist mir egal!«

»Auch als Killerin?«

»Hör auf damit!«

»Warum? Es ist doch so! Nimm es hin, Perry. Die Welt ist nicht so schön. Auch in deiner Familie nicht.«

Bisher hatte sich Brixton beherrscht. Damit war es vorbei. Er ging schnell vor, packte den Dealer am Revers und schüttelte ihn wütend durch. »Ich will wissen, was du mit dem Wort Mörderin gemeint hast, verflucht!«

Koko hatte seinen Körper zurückgedrängt. Es brachte ihm nichts, denn der Streetworker hielt ihn eisern fest. »So wie ich es dir gesagt habe. Sie ist eine Mörderin und die Königin der Friedhöfe. Geht das nicht in deinen Schädel hinein?«

Brixton ließ den Mann los. »Nein, das will nicht in meinen Kopf hinein.«

»Dann bist du verbohrt.« Koko schüttelte sich.

Verbohrt? fragte sich Brixton. Bin ich das tatsächlich? Kann sein. Wenn ja, dann liegt es daran, daß ich zu stark in eine Richtung gedacht habe. Immer auf einer Schiene geblieben, den Job zu sehr in den Vordergrund gestellt, mich um Fremde gekümmert, aber nicht um meine Familie, und das eigene Ich stark zurückgedrängt.

Debora gehörte auch zur Familie. Seine Schwester war schon immer ganz anders gewesen. Sie schwebte in eigenen Welten. Sie hatte sich auch das *h*, den letzten Buchstaben ihres Namens, streichen lassen, weil sie ihn so haben wollte wie zu alttestamentarischen Zeiten.

Perry hatte zu Debora kaum noch Kontakt gehabt und sie bestimmt bald vergessen. Beide Geschwister hatten das Elternhaus bereits früh verlassen und waren ihre eigenen Wege gegangen.

»He, Perry, was ist? Wir können sofort fahren. Die Nacht ist noch jung. Denk nicht länger nach.«

»Wohin?«

Koko grinste wieder breit. »Zu den Toten, mein Freund. Ja, zu den Toten«, flüsterte er und fügte hinzu: »Aber denk daran, daß wir einen Deal miteinander haben.«

»Nein, das bildest du dir ein. Es gibt keinen Deal mit dir.«

»Dann wirst du die Spur nie finden, das schwöre ich dir. Aber du wirst immer darüber nachdenken und dich fragen, ob du nicht doch etwas falsch gemacht hast. Debora ist die Königin der Friedhöfe. Sie ist gefährlich, sie ist auch anders. Aber sie ist noch immer deine Schwester. Das weißt du ebenfalls.«

Er nickte. Perry fluchte in sich hinein. Dieser Dealer hatte ihn tatsächlich in einen Gewissenskonflikt gestoßen. Er mußte sich entscheiden. Brixton war immer stolz darauf gewesen, berufliche Dinge vor die persönlichen zu stellen. Nun waren ihm Zweifel gekommen. Und er glaubte auch nicht, daß Koko ihn mit einer Ausrede hatte abspeisen wollen. Da steckte schon mehr dahinter.

»Wie lange soll ich noch warten?«

»Wo liegt der Friedhof?«

Koko kicherte sein Gegenüber an. »Das möchtest du wohl gern wissen.«

»Weit von hier?«

»Ja, außerhalb.«

»Und dort werde ich Debora finden?« hakte Brixton noch einmal nach.

»Wenn ich es dir sage.«

»Wo denn? Wo kann ich sie finden?«

»Bei den Gräbern«, erwiderte Koko mit dumpfer Stimme. »Und natürlich bei den Toten.«

Perry Brixton konnte den Schauer nicht verhindern. Seine Kehle war ihm eng geworden. Er merkte es, wenn er Luft holte, und er wischte ein paarmal über sein Gesicht.

»Willst du nicht?«

»Doch, Koko, wir fahren.«

»Ja, das ist ein Wort. Dann nimm mir mal das Eisen ab, mein Freund. Ich hasse Handschellen.«

Brixton schaute den Dealer an. Er wußte, daß er sich nicht richtig verhielt. Zugleich dachte er an Debora, und seine Sorgen wuchsen. Die ließ er sich nicht anmerken, als er flüsterte: »Eines schwöre ich dir, Koko: Wenn du mich reinlegst oder flüchtest, weiß ich immer, wo ich dich finden kann. Du wirst mir nicht entwischen, das schwöre ich dir.«

»Weiß ich doch, Brixton, weiß ich alles. Aber warum sollen wir nicht beide unseren Spaß haben . . .«

Sie hatten den Friedhof erreicht, und Perry Brixton mußte dem Dealer recht geben. Der Friedhof lag außerhalb, im Südwesten, und selbst in der Dunkelheit war zu erkennen, daß hier keine Menschen mehr beerdigt wurden, schon lange nicht mehr. Es gab hier keine neuen Gräber mehr.

Sie waren mit Perrys altem Ford Capri bis dicht vor den Eingang gefahren, wo bereits dichtes Buschwerk wucherte und sich dornige Hecken ineinander verschlangen. Es war jetzt Mitternacht, die ideale Gruselzeit, wie Perry dachte, und er schüttelte sich, als er den Wagen verlassen hatte.

Auf der Beifahrerseite stand Koko. Er war unruhig und hüpfte dabei von einem Bein auf das andere. Das Gesicht hatte er verzogen. Es zeigte keinen freudigen Ausdruck.

Über ihnen fuhr der Wind durch die Kronen der Bäume. Er rieb die Blätter raschelnd gegeneinander, und hoch am Himmel waren die wenigen Wolken hingetaucht ins Mondlicht.

Die Luft roch nicht nach Friedhof. Hier hatte die

Natur wachsen und wuchern können. Sie zeigte ein sommerliches Kleid und gab auch den entsprechenden Duft nach frischen Gräsern und Blumen ab.

Das alte Eingangstor war vorhanden, aber kaum zu sehen. Eine dichte Wand aus Efeu hatte es zum größten Teil überwuchert. Das gleiche galt für die Mauern. Auch hier wuchsen Efeu und wilder Wein in die Höhe, als wollten sie alles vor den Blicken der Menschen schützen, die sich ab und zu hierher verirrten.

»Woher kennst du den Friedhof?« wollte Perry wissen.

Der Dealer lachte nur. »Ich kenn mich eben an vielen Stellen aus.«

»Ein ideales Versteck, nicht?«

»Wofür?«

»Für das, was ich dir aus den Taschen geholt habe. Die Drogen.«

»Vergiß sie.«

»Vorläufig.«

»He, wir hatten eine Abmachung!« protestierte Koko.

»Ich weiß, und ich werde mich auch daran halten. Da brauchst du keine Angst zu haben.«

»Dann ist es ja gut.«

»Dann geh vor.«

Koko hob die Schultern. »Wie du willst, großer Meister. Eines muß ich dir aber noch sagen. Ich weiß nicht, ob sie sich auch in dieser Nacht auf dem Friedhof aufhält.«

»Dann haben wir beide Pech gehabt. Aber du mehr als ich, Koko.«

Der Dealer schaute ihn lauernd von der Seite an. »Bist du dir da sicher, Streetworker?«

»Immer. Ich weiß, was ich kann.«

Da hatte er nicht übertrieben. Perry Brixton war ein

kräftiger junger Mann mit krausen, braunen Haaren, der genau wußte, was er wollte, der sich in diesem Dschungel der Stadt durchgesetzt hatte. Seine Erfolge konnten sich sehen lassen, auch wenn sie oft genug nur unter großen Mühen und mit Gewaltanwendung erreicht worden waren, aber sie zählten.

Beide hatten den Friedhof betreten. Brixton blieb an der linken Seite des Dealers, und er ging auch leicht versetzt, damit er den anderen nicht aus den Augen verlor.

Es war weder etwas zu hören noch zu sehen. Vor ihnen lag der alte Friedhof, die Gräber, Hecken und Büsche, alles überragt von mächtigen Bäumen.

Wie kleine Wohnstätten auf einem weiten Bauareal verteilten sich die Gräber. Kantige Grabsteine, wie anklagend und trotzdem stumm aus der Erde ragend. Die kleineren boten der sich ausbreitenden Natur weniger Widerstand. Viele von ihnen waren bereits überwuchert und nicht mehr zu sehen.

Wege gab es nicht mehr. Alles war zugewachsen.

Weicher Wind wehte ihnen entgegen. Er verteilte den Geruch des Frühsommers. Ab Sonnenaufgang natürlich noch viel stärker als in der Nacht.

Perry hatte seine Blicke überall. Er dachte daran, daß Debora hier hocken sollte, um ihre Rituale abzuhalten. Dazu gehörte meist Licht, Kerzenlicht, nur entdeckte er keinen Schein.

»Wie weit willst du mich denn noch schleppen?« fragte Perry.

»Wir müssen vom Hauptweg weg.«

»Was?«

»Klar, wir befinden uns auf dem ehemaligen Hauptweg.«

»Wenn du das sagst.«

»Klar, ich kenne mich aus.«

Sie gingen weiter, und Perry wunderte sich über die Grabmale. Er kannte sie nicht. Die Friedhöfe, die er besuchte, waren normal, da gab es diese übergroßen Grabsteine nicht.

Es waren schon kleine Kunstwerke, an denen der Zahn der Zeit bereits genagt hatte.

Stille umgab sie. Nur selten hörten sie ein Rascheln oder Huschen auf dem Boden oder im Gestrüpp.

Alles lief normal.

Bis sie den Schrei hörten!

Beide Männer blieben stehen, als hätten sie sich abgesprochen. Sie lauschten dem Schrei, der so klagend und zugleich schrill war und bei ihnen für Gänsehaut und Herzklopfen gesorgt hatte. Er wehte über den Friedhof als böses, akustisches Omen, klagend und jammernd, schien sogar lauter zu werden und sank dann in sich zusammen, bevor er ganz verstummte.

Perry und Koko schauten sich an. Jedem lag die Frage auf der Zunge, aber keiner traute sich, sie zu stellen, bis es der Streetworker nicht mehr aushielt. »Was war das?«

»Ein – ähm – Schrei.«

»Weiß ich selbst. Nur ...«

Der Dealer faßte Perry an. »Du brauchst dir keine Sorgen zu machen. Der Schrei stammte nicht von einem Menschen, dafür habe ich ein Ohr.«

»Von wem dann?«

»Ist doch egal. Von einer Katze oder einem streunenden Köter. Was weiß ich?«

Brixton nickte. »Ja, das denke ich jetzt auch. Eine Katze. Wurde sie getötet?«

Koko kicherte wieder, was Brixton auf die Nerven ging. Am liebsten hätte er ihm das Maul gestopft, aber er riß sich zusammen. »Klar, sie wurde getötet. Also ist deine Schwester hier.«

»Debora tötet keine Katzen!« behauptete Perry.

»Doch, tut sie – muß sie.«

»Warum?«

»Opfer. Sie will Opfer bringen. Das hier ist ihr Revier. Hier opfert sie.«

»Tiere?«

»Bestimmt.«

Die nächste Frage lag Perry auf der Zunge, doch er unterdrückte sie, weil sie ihm einfach so schlimm vorkam. Er wollte sie nicht stellen. Er konnte sich auch nicht mit dem Gedanken beschäftigen, daß seine Schwester irgendwo saß, umgeben vom Tierblut, das sie möglicherweise sogar noch getrunken hatte.

Möglich war alles, und er hatte in seinem Job auch schon in zu viele menschliche Abgründe hineingeschaut. Auch ihm war etwas Schreckliches prophezeit worden. Er sollte an seinem eigenen Blut ersticken und vom eigenen Blut getötet werden.

Da kam er nicht mit.

Das traute er seiner Schwester einfach nicht zu, mochte sie sich auch in den letzten Jahren noch so weit von ihm entfernt haben.

Sie waren weitergegangen. Vorsichtiger diesmal. Auch damit rechnend, daß sich der Schrei wiederholen konnte. Ganz in ihrer Nähe. Sie achteten auf jedes Geräusch. Durch die Anspannung kam Perry Brixton der Friedhof noch unheimlicher vor. Seine Phantasie malte sich die schlimmsten Dinge aus. Da wurden aus Bäumen plötzlich unheimliche Gestalten aus dem Totenreich mit langen, dürren Armen und breiten, entstellten Händen. Greifklauen, die nach seinem Gesicht zielten, nach den Augen, und ihm die Haut abreißen wollten.

Hohes Unkraut wischte an ihren Beinen entlang. Wie seichte Totenfinger.

Eine unheimliche Gegend, nichts für schwache Nerven. Ein düsterer Ort, an dem Alpträume geboren wurden.

Der Schrei hatte sich nicht wiederholt, was die beiden nicht hatte beruhigen können. Sie blieben vorsichtig, nutzten selbst in der Dunkelheit noch den Schutz höherer Grabsteine aus und duckten sich hinter Büschen. Eine Leichenhalle hatte Perry nicht gesehen. Möglicherweise war sie verfallen oder überwuchert.

»Wo hast du meine Schwester denn immer gesehen?« flüsterte er.

»Weiter vorn.«

»Was tat sie?«

»Das wirst du gleich sehen.«

»Auf diese Antwort hätte ich auch verzichten können. Normal hat sie sich bestimmt nicht benommen.«

»Nein, sie hat ihr Leben ritualisiert. Sie fühlt sich hier wie zu Hause. Das passiert auch nicht jedem.«

»Da hast du recht.«

Koko ging jetzt schneller, blieb aber schon nach drei Schritten stehen und winkte den Streetworker zu sich heran. Erst jetzt sah Perry, daß Koko vor einem Grabstein stand, über dessen Kante hinwegschaute, aber trotzdem nicht viel sehen konnte, weil Zweige ihm einen Großteil des Blickes nahmen.

Brixton wollte soeben etwas fragen, da geschah es. Ob weit von ihnen entfernt oder relativ nah, das war so einfach nicht festzustellen, aber es war zu erkennen, was sich dort abspielte. Die Dunkelheit blieb nicht mehr so. Ein flackernder Lichtschein riß Inseln in die Schwärze, bewegte sich über den Boden hinweg, tanzte, gierte, lockte, schuf Helligkeit, aber auch andere Schatten.

Brixtons Herz schlug schneller. Er spürte den Schweiß auf der Stirn. Er wußte auch, daß ihn Koko nicht angelogen hatte. Seine Schwester Debora hatte sich diese Nacht ausgesucht. Sie befand sich nicht weit von ihnen entfernt, sie hatte die Dochte der Kerzen angezündet, um sich in deren Licht zu baden.

Noch war es Spekulation, denn Details waren nicht zu sehen. Zu dicht wuchs das Buschwerk vor ihnen hoch und gab immer nur bestimmte Lücken frei.

Sie hörten keinen Laut. Kein Wehklagen, keine menschliche Stimme, es war nur der Schein vorhanden, der sich bestimmt aus mehreren Kerzen zusammensetzte.

Gierig stießen die Flammen in die Höhe. Sie erinnerten an blinkende Messerspitzen, zuckten nach oben und sackten wieder zusammen, legten sich auch mal zur Seite, als wollten sie über den Boden huschen und nach etwas greifen. Sie waren nicht zu halten, sie hörten nicht auf und verteilten ihr farblich unterschiedliches Licht. Mal düster und rot, dann wieder gelblicher und hell.

»Ich sehe meine Schwester nicht!«

»Klar. Du mußt näher ran.«

»Das werde ich auch.«

»Aber sei vorsichtig!«

Perry Brixton lachte bitter. »Das sagst ausgerechnet du zu mir.«

»Irgendwo mag ich dich ja.«

»Danke.« Der Streetworker hatte seinen eigentlichen Job vergessen. Er dachte nur noch an diese unheimliche Szenerie und natürlich auch an seine Schwester.

Jahrelang hatte er nichts mehr mit ihr zu tun gehabt. Jetzt wollte er sie sehen. Er mußte mit ihr reden. Möglicherweise gab es eine gemeinsame Basis.

Sein Kopf war voll mit diesen Gedanken. Auf Koko achtete er nicht, deshalb entging ihm auch der zufriedene Gesichtsausdruck des Dealers. Er hätte ihn auch nicht deuten können, aber Koko ging es gut. Er stieß Brixton an.

»Was ist denn?«

»Wollen wir wieder gehen?«

»Du bist verrückt.« Perry konnte seinen Blick nicht von den Flammen abwenden.

»Wieso?«

»Ich will zu meiner Schwester, verdammt. Oder hast du das vergessen? Wir sind nicht wegen der Kerzen hergekommen, sondern wegen ihr. Nur ihretwegen.«

»Aber sei vorsichtig.«

»Schenk dir deine Warnungen.«

»Ich meine es nur gut mit dir.«

»Klar, wie ich.« Die Antwort klang spöttisch. Perry hatte dabei den Kopf gedreht, um einen Blick in das Gesicht des Dealers werfen zu können.

»Ja, geh, Streetworker. Sprich mit deiner Schwester. Sie ist bestimmt hier.«

»Und du?« fragte Perry nach einem langen Atemzug. »Was hast du denn alles vor?«

»Ich – ähm – ich weiß es noch nicht. Kann sein, daß ich abhaue oder auf dich warte. Denk daran, daß wir beide einen Deal haben.«

»Ja, klar.«

»Es bleibt unter uns, Perry.«

Brixton ballte die rechte Hand zur Faust. »Sollte ich dich noch einmal erwischen, Koko, dann bist du reif. Dann weißt du nicht mehr, wo dir der Kopf steht.«

»Ich werde daran denken.«

»Hoffentlich.«

»Und grüß Debbie«, sagte der Dealer, wobei er

kicherte. Eine Sekunde später zog er sich zurück und war nicht mehr zu sehen. Schlangengleich war er abgetaucht. Er schickte Brixton noch ein leises Lachen zu, danach verwehten auch seine Schrittgeräusche.

Perry blieb zurück. Er wußte nicht, ob er sich ärgern sollte. Vom Job her hatte er einen schweren Fehler begangen. Er hätte Koko nicht laufenlassen dürfen. Auf der anderen Seite war er mit einer Familienangelegenheit konfrontiert worden, und die mußte er ebenfalls in Ordnung bringen. Das war er sich und seinem Gewissen einfach schuldig. Außerdem lief ihm der Dealer nicht weg. Perry wußte, wo er wohnte und welche einschlägigen Kneipen er frequentierte.

Das Licht leuchtete auch weiterhin. Schattentänze in der Luft. Flammenarme, die wie die spitzen Zungen eines kleinen Ungeheuers aussahen, wehten tanzend hin und her. Sie verhielten sich nach keinem genauen Rhythmus, sie schufen immer wieder neue Figuren.

Er hatte sich jetzt nicht ablenken lassen und glaubte, festgestellt zu haben, daß die Kerzen zu einem Viereck aufgestellt worden waren. Sie bildeten diese Figur nicht grundlos, denn nur so hatten sie einen Mittelpunkt schaffen können.

Für Debora?

Perry war nervös. Seine Handflächen waren naß. Er wischte sie an der Hose trocken. Er gab sich den innerlichen Ruck, um seine Furcht zu unterdrücken.

»Okay, packen wir's!«

Auch jetzt rutschte ihm einer seiner Lieblingssprüche über die Lippen. Mit einer vorsichtigen Bewegung drückte er sich nach links. Damit verließ er die weiche Oberfläche des alten Grabs und spürte wieder einen härteren Widerstand unter seinen Füßen.

In dieser Gegend des Friedhofes standen die Grabsteine besonders dicht, als sollten sie irgendwelchen Besuchern die Sicht nehmen. Es war kein Labyrinth, in der Dunkelheit aber wirkte es beinahe so. Sehr dicht lagen die Gräber zusammen. Unkraut und hohes Gras wucherten auf den Grabflächen. Es hatte nur schmale Wege zwischen ihnen gegeben. Unter dem Unkraut bildeten die Begrenzungen tückische Stolperfallen, die auch für Perry Brixton nicht sichtbar waren, so daß er mehr als einmal ins Wanken geriet.

Manche Gräber erinnerten ihn an Betten, weil eben die Steine an den Oberseiten eine derartige Form aufwiesen. Bis zum Ende des Friedhofs zog sich dieses Gräberfeld hin. Davor leuchteten die Kerzenflammen. Perry sah sie jetzt besser, denn er mußte einen Zickzackkurs gehen, um den Hindernissen auszuweichen. Dann sah er die Lichtinsel jedesmal für einen Moment – und hielt den Atem an, als er die Gestalt darin entdeckte.

Er blieb stehen. Bisher hatte er sich tief in seinem Innern gewünscht, daß dieser Krug an ihm vorübergehen würde und seine Schwester dort nicht hockte.

Doch sie war es leider. Auch wenn er sie schon einige Jahre nicht mehr gesehen hatte, so stark konnte sich kein Mensch verändern. Die langen, blonden Haare, das schmale Gesicht, die düsteren Augen. Das Bild schob sich immer näher an ihn heran, tanzte aber, zerfloß im zuckenden Schein, um sich wenig später wieder neu aufzubauen.

Debora hatte ihn nicht gesehen. Sie hockte inmitten des Vierecks aus Kerzen, trug ein langes Kleid und hatte beide Arme über die Knie gelegt. Den Kopf leicht nach vorn gebeugt. An der linken Seite hing ihr das lange Haar wie eine Welle ins Gesicht hinein.

Er wußte auch nicht, ob seine Schwester etwas

gespürt oder ihn entdeckt hatte. Sie war stumm und erinnerte ihn eher an ein Denkmal als an einen Menschen.

Perry konnte nicht sagen, wie viele Meter er von Debora entfernt stand und ob sie ihn sehen konnte. Alles war für ihn so unwirklich geworden. Das normale Leben hatte er verlassen, um eine Bühne zu betreten, auf der entscheidende Dinge geschahen.

Die Zeit war vergangen, aber sie war doch eine relative Größe. Für ihn spielte es keine Rolle, ob es Minuten oder Stunden waren. Er stand einfach nur da und schaute.

Dabei wußte Perry, daß er sich bewegen mußte. Er konnte es nicht, der Anblick seiner Schwester und damit auch dieser unheimlichen Wahrheit hatte ihn starr werden lassen. Erst als etwas über seine Schuhe hinweghuschte – eine Maus wahrscheinlich –, fand er wieder zu sich selbst. Da riß auch der Vorhang, da war die Starre weg, und er nahm alles wieder normal wahr.

Er bewegte sich. Ein innerer Motor war angeworfen worden, der ihn antrieb. Er wollte wissen, was mit Debora los war. Er wollte mit ihr reden. Sie sollte ihm sagen, was sie in der Nacht auf einem Friedhof trieb. Der Schrei fiel ihm wieder ein. Koko hatte von einer Katze oder einem Hund gesprochen, der getötet worden war, aber einen Kadaver entdeckte der Streetworker nicht.

So tappte er auf dem weichen Boden weiter, umging nach Möglichkeit die Stolperfallen der Grabränder, mußte noch einen schmalen, hohen Stein passieren, um einen freien Blick auf diese kleine, makabre Bühne zu bekommen, die eigentlich nur ein rechteckiges Grab war. Zwar größer als normale Gräber, aber immerhin war es ein Grab. Und Debora hockte auch nicht auf der Graberde, sondern auf einer Steinplatte, denn sie sank nicht ein.

Vor dem Grab blieb Perry stehen. Er hatte sich vorgenommen, seine Schwester anzusprechen, doch dieser Vorsatz war im Keim erstickt worden, als er sich die Umgebung genauer anschaute.

Das Grab war gereinigt worden. Kein Unkraut bedeckte die Platte. Jemand hatte sie sogar blank gewischt, und sie erinnerte Perry an einen Gabentisch.

Nur war er nicht festlich gedeckt, sondern verdammt schlimm und makaber.

Am unteren Ende des Grabs stand die mit Blut gefüllte Schale. Ein Messer lag darin. Sein Griff schaute über den Rand hinweg. Die Klinge war ebenfalls blutverschmiert. Die Schale stand zudem auf einem hellen Tuch. Rechts neben ihm lagen einige Hühnerfedern. Der Beweis, daß in der Schale nicht das Blut eines Menschen gesammelt worden war, sondern das eines Huhns.

Perry sah auch den Kadaver. Und einen zweiten. Den einer Katze. Beide Tiere waren ausgeblutet.

Brixton war noch immer nicht in der Lage, ein Wort hervorzubringen. Ihm war alles so fremd. Er hatte von diesen Ritualen höchstens gehört, sie aber nie selbst erlebt. Er wäre auch nicht auf den Gedanken gekommen, jemals damit konfrontiert zu werden. Alles war plötzlich so anders und schrecklich fremd.

Seine Schwester stand an erster Stelle. Zwar saß sie auf der Grabplatte, aber sie hockte zugleich inmitten eines mit Blut gemalten Zeichens, das sich dunkelrot vom Gestein abhob. Das Zeichen war nicht in seiner Gesamtheit zu sehen. Es bestand aus einem Kreis und mehreren Linien, die den Kreis durchzogen, so daß es seiner Meinung nach die Form eines Wagenrads bekommen hatte.

Vier Kerzen rahmten den Kreis ein. Zwei an der Vorder-, die anderen beiden an der Rückseite.

Perry stellte sich vor, selbst auf der Grabplatte zu sitzen, über die Flammen hinweg ins Dunkle zu schauen, dabei von dem Licht geblendet werden, und so fragte er sich, ob die Schwester ihren Bruder wohl hatte erkennen können.

Sie rührte sich nicht.

Perry ging noch näher heran. Er wollte mit ihr reden. Hier und jetzt mußte sie ihm Rede und Antwort stehen, aber er wußte auch, welch einen Dickkopf sie hatte. Das kannte er aus der Kindheit.

Debora war zwei Jahre jünger als er. Aber sie hatte schon immer das Kommando gehabt. Perry bewegte seine Hände. Mal streckte er sie, dann schloß er sie wieder zu Fäusten. Dieses Spiel setzte er eine Weile fort, während er dabei überlegte, ob und wie er seine Schwester ansprechen sollte. Würde sie ihn hören, verstehen? Sie sah aus wie in Trance versunken. Ein Blick war ins Leere oder nach innen gerichtet, obgleich der Widerschein des Lichts auch in ihren Pupillen tanzte und ihnen so etwas wie ein künstliches Leben einhauchte.

Brixton erinnerte sich daran, daß er früher als Kind seine Schwester mit einem bestimmten Pfiff gelockt hatte. Damit wollte er es jetzt versuchen. Sie kannte ihn sicherlich noch. Wenn sie ihn hörte, würde sie Bescheid wissen.

Perry holte Luft. Der Pfiff zerriß die Stille. Er klang schrill und aggressiv.

Und sie? Was tat Debora?

Sie bewegte sich nicht. Keine Veränderung. Sie hatte das Zeichen ignoriert.

Perry konzentrierte sich auf das Gesicht seiner Schwester. Er meinte damit nicht nur die Augen. Er suchte nach einer Regung. Einem Zucken der Wangen, einer Bewegung an der Stirn, einem Lächeln, einer Geste ihrer Hände, aber da war nichts.

Sie nahm ihn nicht wahr. Sie saß völlig starr inmitten des Kerzenscheins und erinnerte an eine schöne Hexe.

Er hätte den Kreis betreten und Debora anfassen können, aber das traute sich Perry nicht.

Etwas schreckte ihn ab.

Es war nicht nur das Grab, sondern auch dieser Kerzenschein und vor allen Dingen das mit Blut gemalte Zeichen auf der Grabplatte.

Was tun?

Nicht mehr pfeifen. Sie wollte auf keinen Fall an ihre Jugend oder Kindheit erinnert werden.

Vielleicht hörte sie ja auf seine Stimme, wenn er sie ansprach.

»Debora«, flüsterte er und beugte sich dabei vor. »Hörst du mich, Debora?«

Sie antwortete nicht.

»Debora!« Diesmal sprach er lauter. Sie mußte ihn einfach hören, auch wenn sie eingeschlafen sein sollte.

Fast hätte er gejubelt, denn plötzlich erlebte er eine Reaktion. Sie schüttelte den Kopf. Als wollte sie ihm klarmachen, daß es sie trotz allem noch gab.

»Endlich!« flüsterte er. »Endlich hast du mich gehört, kleine Debbie.« So hatte er sie früher genannt. »Ich bin es doch, dein Bruder. Hörst du mich, Debbie?«

Ja, sie hatte ihn gehört. Perry registrierte mit Genugtuung, wie sie den Kopf anhob und die Augen weit öffnete. Über die beiden Kerzenflammen schaute sie hinweg und in sein Gesicht und gab auch eine Antwort. Mit einer Stimme, die er von seiner Schwester nicht kannte. Sie klang so tief, so anders, auch irgendwo unheimlich, und sie hallte dabei dumpf nach, als wäre sie in einer Gruft geboren worden.

»Ich bin nicht Debbie. Ich bin auch nicht Debora. Ich bin jetzt eine andere. Ich bin Satanica ...«

Ein Name, der Perry Brixton schockte. Er hatte ihn noch nie zuvor gehört. Er hätte sich auch nie darüber seine Gedanken gemacht. Er war einfach wie vor den Kopf geschlagen.

SATANICA!

Dieser Begriff setzte sich in seinem Gehirn fest. Jeder Buchstabe schien Feuer gefangen zu haben. Der Boden unter seinen Füßen vibrierte, als würde eine alte Maschine in der Tiefe des Grabes arbeiten.

»Satanica ...« Er flüsterte den Namen und ließ ihn langsam ausklingen. Dabei schüttelte er sich, und er kam auch mit seiner Angst nicht zurecht.

»Sehr recht, Bruder, ich bin Satanica. Aber ich bin nicht mehr die, die du kennst. Ich bin einen anderen Weg gegangen. Ich diene den alten Mächten, und ich will nicht gestört werden. Ich nehme sie auf, ich lebe von ihrer Kraft, die mich über die Menschen stellt. Wer nicht für mich ist, der ist gegen mich.«

»Nein!« stieß Perry Brixton hervor. »Nein!« Er schüttelte den Kopf. »Das kann nicht wahr sein. Das darf nicht wahr sein. Ich muß mich verhört haben. Das bist nicht du, Debora. Das kannst du einfach nicht sein. Verdammt!«

»Ich bin Satanica. Du wirst dich daran gewöhnen müssen. Das andere Leben ist vorbei!«

Perry hatte es geschafft, den Klang der Stimme zu ignorieren. Er wollte auf seinem einmal eingeschlagenen Weg bleiben. Dabei dachte er auch nicht an die Gefahr, in die er sich eventuell begab. Bei ihm baute sich die Trotzreaktion auf. Er würde sich um seine Schwester kümmern, so wie er sich damals schon um sie gekümmert hatte.

»Es gibt kein anderes Leben, Schwesterherz!« flüsterte er. »Jeder Mensch hat nur ein Leben. Dazu zählst auch du. Kein zweites Leben, es ist dein erstes.«

Sie schüttelte den Kopf. »Geh!« flüsterte sie dann. »Geh weg! Verschwinde. Geh ...«

»Ja, ich gehe. Aber ich nehme dich mit. Ich lasse dich nicht hier sitzen, hörst du? Ich werde dich mitnehmen, und ich werde auch dafür sorgen, daß du wieder normal wirst. Hast du verstanden?«

Sie reagierte schnell. Zuerst hob sie den Kopf noch weiter an und richtete ihren Blick auf den vor dem Grab stehenden Mann. Kalte Augen, in denen Kerzenlichter tanzten. Glatte Pupillen wie eingefärbte Spiegel.

»Komm!«

Sie schüttelte den Kopf, blieb in ihrem Bereich, doch ihre Haltung veränderte sich. Beide Arme ließ sie sinken. Dann nahm sie eine Kerze mit der linken Hand hoch, brachte die Flamme nahe an ihr Gesicht heran, und Perry, der die Welt nicht mehr verstand, sich aber auch nicht in der Lage fühlte, einzugreifen, mußte mit ansehen, wie die heiße Flamme über das Kinn seiner Schwester hinwegstrich, dann am Gesicht hochfuhr, aber dort ebenfalls nichts verbrannte. Nicht mal die Haare gingen in Flammen auf. Deboras Gesicht blieb unverändert.

Keine verbrannte Haut. Keine im Feuer knisternden Haarsträhnen. Es war alles völlig unnormal geworden, und auch Perry sah sein Weltbild allmählich zusammenbrechen. Er kam damit nicht zurecht.

Sie stellte die Kerze wieder weg. Als wäre nichts geschehen, hob sie den Blick wieder an. »Geh jetzt,

Perry. Geh schnell und komm nie wieder. Ich bin nicht mehr deine Schwester. Ich bin etwas anderes geworden. Ich heiße Satanica. Merke dir den Namen. Satanica. Und jetzt geh mir aus den Augen.«

Eine letzte Warnung war das gewesen. Er wußte es. Aber er wollte sie nicht wahrhaben. Nein, das konnte und durfte nicht sein. So etwas war unmöglich, erst recht in seiner Familie.

»Geh!«

Wieder traf ihn der Klang der Stimme so hart. Aber Perry wollte nicht. Er hatte einen Punkt erreicht, bei dem er auf stur schaltete. Dazu mußte er über seinen eigenen Schatten springen, und das hatte er in diesem Fall getan.

Er war gekommen, um seine Schwester zu sehen und zu retten. Und er würde nicht ohne sie wieder gehen.

»Du kommst mit!« Der Satz war als Befehl ausgesprochen worden, und Debora kommentierte ihn mit einem harten Lachen. Es sagte ebensoviel aus wie Worte, denn sie würde einen Teufel tun und seinem Ratschlag folgen.

Oder?

Perry schaute zu, wie sich seine Schwester bewegte. Sie verlor ihre sitzende Haltung, raffte dabei das weite, grün-beige Kleid zusammen, damit der Stoff nicht mit den Kerzenflammen in Berührung kam. Sie beugte sich nach vorn und stützte sich mit beiden Händen ab. Sie kniete auf dem Grab und vor ihrem Bruder, der sich aufgrund dieser Veränderung erleichtert zeigte.

Sie hatte doch noch Respekt vor ihm. Er war noch immer für sie der große Bruder. Er würde sie von diesem verdammten Grab wegholen und in den nächsten Tagen bei ihr bleiben. Er wollte wieder für sie sorgen, wie er es damals getan hatte, als beide noch Kinder gewesen waren.

Bis an die Kante des Grabs trat er heran. Er spürte den Druck an seinen Zehen und auch die Wärme der Kerzen. Perry wollte nicht, daß seine Schwester vor ihm kniete wie vor einem Heiligenbild. Deshalb streckte er ihr den rechten Arm entgegen und sagte: »Komm, Schwesterherz, ich helfe dir hoch!«

Debora zögerte noch.

»Bitte, Debbie ...«

Sie tat es. Sie löste ihre rechte Hand, streckte ihren Arm aus, um die Hand fassen zu können. Sekunden danach berührten sich die Hände, die so unterschiedlich waren.

Die Hand der Frau war kalt, leicht ölig. So jedenfalls kam sie ihrem Bruder vor.

Er hielt sie fest, sehr fest. »Und jetzt komm bitte hoch. Dann wird alles gut werden ...«

Er zog sie hoch. Debora leistete keinen Widerstand. Sie kam ihm entgegen, aber sie hatte eine Hand frei, und die bewegte sich blitzschnell. Nicht auf den Mann zu, ein anderes Ziel war wichtiger.

Das Messer!

Plötzlich hielt sie es fest, riß es hoch, als der Mann sie ebenfalls in die Höhe zog.

Alles war anders geworden. Nichts würde gut werden. In dieser einen Sekunde schoß Perry Brixton sehr viel durch den Kopf. Man hatte ihm prophezeit, daß er an seinem eigenen Blut ersticken würde.

Für eine nicht meßbare Zeitspanne erschien das grinsende Gesicht des Dealers vor seinen Augen. Es war wie ein Blitzstrahl, aber dieser Blitz war auch das Messer, dessen Klinge sich in seinen Leib bohrte. Er wußte es. Er hatte es mitbekommen. Er wartete auf den Schmerz, der ihn völlig zerfressen würde, der ihm das Leben nahm, der so brutal war. Gegen den es kein Mittel gab.

Perry spürte nichts. Der Schock hielt ihn in seinen Klauen. Doch durch die Bauchwunde verließ ihn längst die Kraft.

Er war inzwischen arg geschwächt. Die Hand seiner Schwester konnte er nicht mehr halten. Sie rutschte ab, und der Gegendruck fehlte. Es war ihm nicht möglich, sich aus eigener Kraft zu halten. Er bemerkte, wie er nach hinten fiel, glaubte aber, daß er schwebte.

Dann prallte er mit dem Rücken auf.

Da war es vorbei mit dem Schock. Etwas raste wie glühendes Eisen durch seinen Körper. Oder als Ungeheuer mit weit aufgerissenen Mäulern, in denen glühende Zähne und heiße Zungen steckten, die sich bis zur Kehle hin durchwühlten und ihn auffraßen.

Es war alles anders geworden. Das Leben konzentrierte sich einzig und allein auf diesen bohrenden und alles vernichtenden Schmerz. Es würde nur mehr Sekunden dauern. Er konnte nicht schreien. Er konnte nicht atmen, auch nicht röcheln. Er konnte nur sehen und hatte seine Augen dabei weit aufgerissen.

Aber auch sein Blickfeld engte sich ein. Über ihm schwebte ein Engel, der Todesengel mit den Gesichtszügen seiner Schwester Debora. Sie glitt auf ihn zu, hielt etwas in der Hand, das glänzend aus der Faust hervorragte.

An deinem eigenen Blut wirst du ersticken, hatte man ihm gesagt.

So würde es auch sein.

Das Messer näherte sich seiner Kehle.

Dahinter das Gesicht seiner Schwester. So kalt wie der Tod. Und so kalt wie der Stahl, der über seine Kehle hinwegschleifte und einen Streifen aus Blut hinterließ.

Vorbei.

Keine Schmerzen mehr.

Das Licht erlosch.

Perry Brixton, der Streetworker, starb einsam durch die Hand seiner Schwester und blieb vor dem Grab liegen ...

Zwei Stunden später!

Nichts bewegte sich auf dem alten Friedhof. Alles war ruhig, eingebettet in die Totenstille. Auch die Kerzen gaben kein Licht mehr ab. Und es war niemand da, der auf dem Grab seinen Platz gefunden hatte. Der Friedhof gehörte wieder den Toten.

Nicht ganz, denn es gab jemanden, der sich als lebendiger Mensch auf ihm aufhielt.

Koko, der Dealer!

Eigentlich hatte er vorgehabt, das Gelände zu verlassen. Friedhöfe gehörten nicht eben zu seinen Lieblingsorten. Aber er mußte auch zugeben, daß sie sich hervorragend als Versteck für eine bestimmte Ware eigneten. Besonders für seine Ware, das Rauschgift. Er wollte seine Quellen leerräumen, sich mit der Ware nach London zurückziehen und diesen verdammten Friedhof vergessen.

Die Gräber machten ihm keine Angst. Es war vielmehr die Frau gewesen, diese Debora, die ihn zunächst fasziniert hatte. Allerdings war die Faszination sehr bald verschwunden. Da hatte er seine eigene Furcht erlebt, die heiß in ihm hochgestiegen war wie ein Schwall kochenden Wassers. Er mochte die Frau nicht. Er empfand Furcht. Er haßte und bewunderte sie zugleich. Sie sollte in seinem Leben keinen Platz haben, aber er war von ihr dermaßen fasziniert, daß er Kontakt mit ihr aufgenommen hatte und jetzt sogar ihren Namen und einiges aus ihrer Vergangenheit wußte.

Ausgerechnet ihr Bruder war sein Feind. Darüber konnte er jetzt nur lachen, denn er kannte die Schwester besser. Sie war das Tier im Menschen, nein, das wäre zuviel gesagt. Sie war die kalte tödliche Schlange. Dieses Wesen aus dem Paradies, das sich in einen Menschen verwandelt hatte.

Was sie genau vorhatte, konnte er nicht sagen. Aber es war nicht normal, da steckte eine unheimliche Macht dahinter, die ihn schließlich von der Frau Abstand hatte nehmen lassen.

Die Macht des Teufels, der Hölle – wie auch immer man das sehen mochte.

Perry Brixton war dorthin gelaufen, wo früher einmal das steinerne Wasserbecken gestanden hatte. Es stand auch jetzt noch auf seinem Platz, aber es war selbst bei Tageslicht nur schwer zu sehen, da hier alles zugewuchert war. Unter den Ranken und Pflanzen war das Becken fast vollständig verschwunden. Jemand hatte mal versucht, es zu stehlen, war aber nicht weit damit gekommen. Auf der linken Seite war es liegengeblieben.

So blieb der Spalt bestehen. Gerade breit genug, um die flachen Päckchen hineinschieben zu können, in denen sich das Rauschgift befand. Um den kostbaren Stoff zu schützen, hatte der Dealer die kleinen Päckchen mit Ölpapier umwickelt.

Zwei dieser Päckchen hatte er hervorgeholt. Seine eiserne Reserve. Er steckte sie in die Außentaschen seiner Jacke und war zufrieden, daß alles geklappt hatte.

Er lachte in sich hinein, als er an den Deal mit Koko dachte. Nein, einen Deal würde es mit ihm nicht geben. Das war einfach Unsinn. Perry hatte das auch gewußt. So blöd konnte kein Mensch sein. Er hatte Koko laufenlassen, um sich um seine Schwester zu kümmern.

Satanica!

Auch Koko kannte den Namen. Er hatte mit ihr gesprochen. Und er wußte, daß sie ihr altes Leben hinter sich gelassen hatte. Sie wollte nicht mehr nach den Regeln leben, sondern nach den ihrigen. Wer nicht für sie war, der war gegen sie.

Und ihr Bruder?

Eine Frage, die sich der Dealer schon mehrmals in der letzten halben Stunde gestellt hatte. Irgendwo waren die Geschwister gleich. Sie gingen beide ihren Weg und ließen sich von nichts davon abbringen. Sie machten durch. Sie schlossen die Augen, ließen sich nicht stören. Sie waren nicht zu stoppen.

Und es würde zu keinem Kompromiß zwischen ihnen kommen. Eher zu einer Auseinandersetzung.

Eigentlich hatte Koko es nicht gewollt, aber er stand noch immer neben dem überwucherten Wasserbecken und horchte in sich hinein. Er wollte seine Gedanken ordnen und nicht mehr in einem Zwiespalt zwischen Bleiben und Flucht stecken.

Bleiben!

Er hatte sich urplötzlich entschlossen. Der Friedhof war wieder wichtig geworden. Besonders das Grabmal der Satanica. Er konnte sich nicht vorstellen, daß dort alles normal abgelaufen war. Es mußte einfach eine Auseinandersetzung und damit auch einen Sieger oder Verlierer gegeben haben.

Die dichte Natur grenzte ihn schon ein. So konnte er weder etwas hören noch sehen, bis auf die Wolken am düsteren Himmel. Die aber interessierten ihn nicht.

Koko machte sich wieder auf den Weg. Diesmal war

er allein. Da brauchte er keine Rücksicht auf jemanden zu nehmen, und er bewegte sich schneller, war aber auf der Hut.

Wie ein zweibeiniges Tier schlich er über den finsteren Friedhof. Den Blick immer nach vorn gerichtet. Sein Mund stand offen. Er atmete im Rhythmus seiner Schritte. Kurz und hektisch.

Das Grab war schnell erreicht.

Kein Licht mehr schimmerte durch die natürliche Deckung. Die Dunkelheit hatte sich schon über die Stelle wie ein Vorhang gelegt. Der andere Geruch fiel ihm auf. Über den oberen Rand der Steine und der Büsche wehte er hinweg und kitzelte seine Nase.

Es war ein kalter Geruch und auch ein scharfer. Allerdings nicht unbekannt. Er entstand immer dann, wenn die Kerzenflammen ausgeblasen wurden.

Satanica hatte die Kerzen gelöscht. Saß sie jetzt im Dunkeln auf der Grabplatte?

Koko wurde nervös. Auf dem Kopf spürte er das Zucken und kratzte sich, ohne die Mütze abzunehmen. Der Herzschlag beschleunigte sich. Ohne den Ort auch nur gesehen zu haben, wußte er, daß dort etwas passiert war.

Satanica hatte das Messer. Sie würde es einsetzen, das war ihm schon klar. Aber gegen den eigenen Bruder?

Gut, er hatte darüber mit Perry Brixton gesprochen, aber nicht so recht daran geglaubt.

Keine Schritte. Keine Stimme, die irgendwelche Beschwörungsformeln murmelte. Nur dieser stille, nächtliche Friedhof, auf dem die Konturen verschwammen und nichts mehr so ausgemacht werden konnte, wie es eigentlich war.

Eine schweigende Welt für sich, die von den längst verwesten Toten tief in der Erde regiert wurde.

Er näherte sich dem Grab von der Seite. Vorsichtig, denn er wollte nicht zu früh entdeckt werden. Seine Schritte stockten Sekunden später, dann vor dem Grab und auch dicht vor seinen Füßen lag die Gestalt.

Koko brauchte kein Licht, um zu erkennen, wen er hier vor sich hatte. Es war Perry Brixton. Er lag auf dem Rücken und war selbst zu einer düsteren und unbeweglichen Gestalt geworden. Doch es gab auf seinem Körper noch dunklere Flecken. In Bauch- und Halshöhe. Dort war das Blut aus zwei Wunden geströmt.

Direkt gekillt hatte der Dealer noch nicht. Und er hatte in seinem Leben nur wenige Tote gesehen. Dieser Streetworker war tot. Er war erstochen worden.

Über die Leiche hinweg warf der Mann einen Blick auf das Grab. Die Schale mit dem Blut stand noch dort. Er sah auch die Hühnerfedern, die Kerzenstummel, das Zeichen auf der Platte, aber das Messer fehlte. Satanica mußte es mitgenommen haben, nachdem sie es zweimal in den Körper des Bruders gestoßen hatte.

Koko schauderte schon zusammen, als er daran dachte. Er fing an zu zittern. Sein Mund bewegte sich, ohne daß er es wollte, und ihm wurde verdammt kalt.

Eine Tragödie. Satanica hatte keine Gnade gekannt. Sie räumte jedes Hindernis aus dem Weg. Und sie hätte auch ihm die Kehle durchgeschnitten, wäre er früher hier erschienen. So hatte er noch verdammtes Glück gehabt.

Seine Knie waren von der ungewöhnlichen Haltung steif geworden, als er sich wieder erhob. Über die Haut rann ein Schauer nach dem anderen. Er blickte sich hektisch um, weil er sehen wollte, ob sich die Person noch zwischen den Büschen oder Grabsteinen bewegte.

Nein, da war nichts.

Der Dealer war doppelt froh, das Versteck auf dem Friedhof aufgegeben zu haben. Für ihn gab es nur noch die Flucht. Und er würde auch den Wagen des Toten nehmen. Es fiel ihm nicht leicht, nach den Schlüsseln in den Taschen des Toten zu suchen. Was sein mußte, das mußte eben sein. Er beschmutzte seine Hände mit dem Blut, wischte sie auf dem leicht feuchten Boden wieder ab und hatte Glück, daß er den Autoschlüssel fand. Er würde den Wagen irgendwo stehenlassen und sich zu Fuß durchschlagen. Auf keinen Fall wollte er den Ford Capri behalten. Außerdem war es eine alte Kiste und total verrostet.

Obwohl der Weg zum Ausgang nicht weit war und er auch schnell lief, kam er ihm doch so verflucht lang vor. Keuchend hetzte der Dealer seinem Ziel entgegen. Immer von dem Gedanken geplagt, verfolgt zu werden und etwas Unheimliches im Nacken zu haben, das er leider nicht zu Gesicht bekam.

Endlich lag der Friedhof hinter ihm. Die letzten Schritte ließen ihn zittern. Koko war froh, sich über das Dach des flachen Autos legen zu können. Hier mußte er mal wieder zu Atem kommen und hörte sich keuchen wie eine alte Lok.

Irgendwann raffte er sich auf. Die Schlüssel hielt er noch immer in der Faust.

Koko schloß den Wagen auf. Er knallte die Tür zu. Der laute Schlag unterbrach die Stille der Nacht, doch das war ihm jetzt egal. Er hatte einfach nur ein normales Geräusch hören wollen.

Zielsicher fand er das Schloß und wunderte sich auch darüber, daß seine Hände nicht zitterten. Alles wird gut, dachte er. Alles muß gut werden. Zumindest für mich.

Er wollte den Stoff nicht in London an den Kunden bringen, sondern die Stadt verlassen und in einem anderen Ort dealen. An der Küste gab es genügend Junkies.

Koko fuhr an. Er mußte den Wagen drehen. Die Scheinwerferbahnen schwenkten mit. Sie erhellten die Umgebung, machten sie aber leichenhaft bleich. Wie das Jenseits, die Welt der Toten, denn so und nicht anders stellte er sich diese Zone vor.

Satanica war ihm nicht mehr begegnet. Auch sie hatte es vorgezogen, zu verschwinden. Eine Leiche war zurückgeblieben. Sogar ein passender Platz für einen Toten.

Koko kicherte. Geduckt hockte er vor dem Lenkrad und schlug einige Male mit den flachen Händen auf den Ring. Er war geflüchtet. Er war weggekommen. Der verdammte Friedhof konnte ihm gestohlen bleiben. Alles konnte ihm gestohlen bleiben. London, seine Bude, die Kneipen, er würde sich aus dem Staub machen und untertauchen.

Nur weg!

Dieser Gedanke beschäftigte ihn pausenlos und beeinflußte auch seine Handlungen. Er fuhr schnell auf dieser engen Straße. Der alte Capri tanzte über Bodenwellen hinweg oder schlug schwer in Schlaglöcher hinein. Die Karosserie ächzte, aber sie hielt. Ebenso wie das Bodenblech, das oft genug über den Untergrund schrammte.

Später, auf der Schnellstraße, konnte er noch mehr aufs Tempo drücken. In den frühen Morgenstunden gab es in dieser Gegend kaum Verkehr. Der Friedhof blieb immer weiter hinter ihm zurück, und auch gedanklich beschäftigte er sich nicht mehr damit.

Er schaute nur nach vorn.

Weg von dieser Scholle. Hinein in ein neues Leben,

in dem es ihm bessergehen würde. Sein Startkapital steckte in den Taschen der Jacke. Damit würde er sich eine Weile über Wasser halten können, bevor er wieder daranging, alte Kontakte anzuknüpfen. Wenn Koko es genau betrachtete, sah es so mies für ihn nicht aus. Hätte er diesen Deal mit Perry Brixton nicht gemacht, wäre es ihm jetzt schlechter ergangen. Da hätte er gegen Fenstergitter und eine Knasttür gestarrt.

Das rote Licht irritierte ihn. Es schwamm vor ihm in der Luft und schwenkte auf und nieder. Der Dealer bewegte hektisch die Augen. Die Zunge fuhr aus dem Mund und befeuchtete die Lippen. Unwillkürlich ging er vom Gas, denn jetzt war ihm eingefallen, was dieses Schwenken zu bedeuten hatte.

Da standen die Bullen!

Verkehrskontrolle.

Scheiße auch!

Koko fuhr langsamer, obwohl er mit dem Gedanken gespielt hatte, Gas zu geben, um der Kontrolle zu entkommen. Es hätte keinen Sinn gehabt. Da stand nicht nur ein Streifenwagen an der linken Seite, die Bullen waren mit großen Geschütz aufgefahren und trugen sogar die dicken, schußsicheren Westen unter ihrer normalen Kleidung.

Der Mann mit der Kelle trug eine gelbe Jacke mit Leuchtfarbe.

Er schwenkte sein Licht nicht mehr. Mit der freien Hand deutete er in eine kleine Bucht an der Seite, in die Koko den Capri lenken mußte. Er schwitzte. Er stank noch nach Abfall, und er steckte wieder in der Falle, das stand für ihn fest. Mit den Bullen hier würde er keinen Deal abschließen können, die hießen nicht Perry Brixton.

Der eine trat an seinen Wagen heran. Ein zweiter

umging ihn und schaute ihn sich von allen Seiten an. Dabei leuchtete er mit einer Taschenlampe.

Der Dealer wollte nur die Scheibe nach unten kurbeln, doch der Polizist hatte etwas dagegen.

»Aussteigen!« Seine Stimme wehte durch den schon entstandenen Fensterspalt.

»Auch das noch!« keuchte der Dealer.

»Kommen Sie schon raus!«

Quietschend öffnete sich die Tür. Koko ärgerte sich über sich selbst, daß er nicht mal dazu gekommen war, die Tüten mit Stoff aus den Taschen zu nehmen und sie in das Dunkel des Wagens zu schleudern. Wenn sie ihn durchsuchten, weil er ihnen verdächtig vorkam, war das für sie die ideale Beute.

Koko zwinkerte, weil ihn das kalte Licht der Taschenlampe blendete. Der Kegel hatte ihn blitzschnell abgetastet, verschwand danach, dafür bat man ihn freundlich um die Papiere.

»Muß ich die haben?« fragte Koko.

»Müssen Sie nicht. Es wäre aber besser.«

»Ist schon gut.« Er griff in seine Innentasche. Die im Hintergrund stehenden Kollegen registrierten jede seiner Bewegungen. Koko hatte tatsächlich noch einen Ausweis. Der allerdings sah arg mitgenommen aus.

Der Beamte war dicht an ihn herangetreten und fing an zu schnüffeln. »Sie stinken!« stellte er fest.

»Ach ja?«

»Nach Mist, nach Abfall.«

»Ich arbeite auf einer Müllkippe.«

»Ja, wir glauben Ihnen alles, Mister ...«

»Koko.«

»Bitte?«

»Koko Craine.«

»Ah ja. Ich lese es gerade.«

Der Mann war abgelenkt, und Kokos Gedanken

jagten im Galopp weiter. Er spürte den Druck der beiden Päckchen, als wären sie mit Stahl gefüllt worden. Das Zeug ›brannte‹ fast in seinen Taschen.

Er erhielt seinen Ausweis zurück und wurde forscher. »Kann ich wieder fahren?«

»Nein.«

»Warum denn nicht?«

»Wir wollen noch die Wagenpapiere durchsehen. Kommen Sie!« Der Mann schnippte mit den Fingern. »Her damit!«

»Ähm, ich . . .«

»Wo sind sie?«

»Ich habe sie . . .«

»Gerald«, wurde der Polizist von seinem Kollegen unterbrochen. »Ich habe mich mit der Zentrale in Verbindung gesetzt. Der Wagen ist gestohlen. Er gehört laut Kennzeichen einem gewissen Perry Brixton, und der Name ist mir nicht unbekannt. Streetworker.«

Koko Craine wünschte sich ein großes Loch, in das er versinken konnte, damit es sich über ihm wieder schloß. Sein Gesicht wurde so bleich wie nur möglich. Er hörte sich selbst stöhnen, und plötzlich war er für die Polizei höchst interessant geworden.

Zwei andere kamen herbei. Sie trugen die Waffen offen.

»Dann drehen sie sich mal um!« befahl Gerald. »Zuerst die Arme hoch, dann die Hände aufs Wagendach. Sie kennen das sicherlich.«

Ja, das kannte er, aber Koko hütete sich, den Bullen etwas davon zu sagen.

Brav drapierte er seine Hände auf das Wagendach des Capri. Sofort fingen geschickte Hände damit an, ihn zu durchsuchen. Bereits nach wenigen Sekunden hatten sie die beiden Päckchen gefunden.

»Der Inhalt ist weich«, sagte jemand.

»Öffnen.«

Koko wartete und schwitzte.

In langen Streifen rann der Schweiß über seine Stirn. Er war vom Regen in die Traufe geraten und wußte nicht, wie er sich aus dieser Lage wieder herauswinden sollte.

»Schnee, aber keiner, wie er vom Himmel fällt«, hörte er hinter sich die Stimme. »Das ist ja ein Fang!«

Gefangen war auch Koko Craine bald, denn da trug er wieder den stählernen Schmuck. Er hatte sich umgedreht und lehnte jetzt mit dem Rücken am Wagen.

»Ich denke, Sie werden uns jetzt etwas zu sagen haben, Mr. Craine.«

»Nein.«

»Aber es ist nicht Ihr Wagen.«

»Ich sage und gebe nichts zu.«

»Okay, soviel Zeit haben wir nicht. Sie werden den Rest der Nacht woanders verbringen.«

Das hatte sich Koko schon gedacht. Er mußte in einen Streifenwagen einsteigen und spürte den Druck der Handschellen um seine Gelenke. Der Name war den Polizisten bekannt. Der Kerl auf dem Beifahrersitz hatte ihn bereits durchgegeben und wartete auf die Rückantwort, die der Computer rasch geben würde.

Aus der Traum von der Küste und von den guten Geschäften dort.

Jetzt wartete der Knast, dann die Verurteilung, anschließend wieder der Knast, und die Bullen würden das Verschwinden des Streetworkers rasch bemerken.

Koko Craine steckte in der Falle. Das wußte er. Die unsichtbare Schlinge um seinen Hals zog sich zu.

Aus dem Vorderraum des Wagens hörte er das

Lachen. »Koko Craine, der Dealer. Wenn das kein Fang ist!«

»Glück gehabt!« kommentierte der Polizist neben Koko.

Ich nicht, dachte der Dealer nur. Er verfluchte sich, er verfluchte den Streetworker, den Friedhof und schließlich die gesamte Welt ...

»Einer von uns muß weg!« sagte Suko, nachdem ich das Büro betreten hatte.

»Wann und wo?«

»Jetzt gleich.«

»Schön. Und wohin, wenn ich fragen darf?«

»In ein Untersuchungsgefängnis der Metropolitan Police« erwiderte Suko voller Stolz.

Ich hob den rechten Zeigefinger. »Das ist ein Job – wie geschaffen für dich.«

Suko hatte seinen störrischen Tag. »Du hast nicht gehört, was ich gesagt habe. Einer von uns soll dorthin.«

»Ja, du!«

»Wir könnten auch losen«, schlug er vor.

Ich ließ mich auf meinen Stuhl fallen und demonstrierte so, daß ich nicht eben begeistert war. »Losen – nein, du weißt doch, daß ich gewinne. Der Verlierer fährt. Ist doch klar. Oder wir gondeln gemeinsam hin.«

»Einer reicht aus, behauptete zumindest Sir James. Es scheint keine gefährliche Sache zu sein.«

»Und um was geht es wirklich?«

»Um die Aussage eines Dealers, der in der vergangenen Nacht von unseren Kollegen festgenommen wurde.«

Ich verschränkte die Hände im Nacken und verdrehte zugleich die Augen. »Was sollen wir denn mit dem? Für Dealer und deren Kunden sind andere zuständig.«

»Das wird er uns selbst sagen wollen. Die Kollegen jedenfalls kamen mit ihm nicht zurecht. Sie erwischten ihn in einem gestohlenen Wagen. Als sie ihn später verhörten, redete er von einem Friedhof und über einen Mord, den eine Frau mit dem Namen Satanica begangen haben soll.«

»Kannst du darüber lachen?«

»Nein, warum sollte ich?«

»Satanica«, wiederholte ich. »Hört sich zumindest spannend an. Der Mann hat Phantasie. Eine gute Ausrede.«

»Meinst du?«

»Sonst hätte ich es nicht gesagt.«

Suko stimmte mir nicht zu. »Die Kollegen denken anders darüber.«

»Okay, sollen sie auch. Haben *sie* die Leiche gefunden oder diese Satanica? Sind sie der Spur nachgegangen?«

»Bis jetzt noch nicht.«

»Aber wir sollen . . .«

»Einer von uns.« Suko blieb stur.

Ich kannte ihn ja und nickte ergeben. »Also gut, versuchen wir es mit dem Losen.«

Die Münze hielt er schon in der Hand. Auf seinem Gesicht zeichnete sich der Strahlemann ab. »Wer verliert, fährt. Der Gewinner kann hier im Büro bleiben. Was wählst du?«

»Zahl.«

»Okay.« Er schleuderte die Münze hoch. Sie drehte sich, sie fiel zurück in Sukos offene Hand.

»Kopf«, flüsterte ich.

»Er liegt oben.«

Ich schaute ihn bitterböse an. »Hast du auch nicht gemogelt, Alter?«

»Nein!« erklärte Suko im Brustton der Überzeugung. »Das habe ich noch nie getan.«

»Du lügst, ohne rot zu werden. Dann sag mir zumindest, wohin ich fahren soll.«

»Ins Hauptquartier der Metropolitan Police. Da gehst du dann in den Untersuchungsknast.«

»Ja, ich freue mich jetzt schon. Hatten wir nicht auch darüber gesprochen, gemeinsam fahren zu wollen?«

»Tut mir leid, daran kann ich mich nicht erinnern.«

Ich schüttelte den Kopf. »Und so was arbeitet beim Yard. Früher war das anders. Na ja, wir sehen uns dann später. Mal hören, was der Dealer zu sagen hat. Wie heißt der Mann eigentlich?«

»Craine – Koko Craine.«

»Auch das noch. Mir bleibt wirklich nichts erspart . . .«

Als Begleiter hatte ich einen Sergeant bekommen, der Tinney hieß, ziemlich korpulent war, traurige Augen hatte und deshalb so wirkte, als wäre er mit sich und der ganzen Welt unzufrieden. Ich saß ihm gegenüber, während er nickte. In dem Großraumbüro herrschte Hektik, doch man konnte sich einigermaßen ruhig unterhalten, da zahlreiche Raumteiler aufgestellt worden waren.

Ich hatte mittlerweile erfahren, was in der Nacht geschehen war und wunderte mich, daß die Kollegen nicht auf dem Friedhof nachgeschaut hatten.

»Man hielt es für Ausreden. Außerdem hat der Typ erst am Morgen damit herausgerückt. Die Kollegen von der anderen Schicht haben genau zugehört und sich daran erinnert, daß es beim Yard wohl Männer gibt, die sich mit bestimmten Fällen beschäftigen. Dann ist Ihr Name oder der Name Ihrer Abteilung gefallen. Der Rest lag nicht mehr in meiner Hand. Das ging dann von Chef zu Chef.«

»Klar. Jetzt sitze ich hier.«

»Auch nur, weil ich Sie informieren wollte. Über die eigentlichen Dinge müßten Sie mit Koko Craine sprechen.«

Ich zeigte Tinney ein säuerliches Grinsen. »Koko Craine. Was ist das für ein Name?«

»Habe ich auch zum erstenmal gehört. Da müssen Sie ihn schon selber fragen.«

»Gut, in Ordnung. Bringen Sie mich hin?«

»Ja. Und ich lasse Sie dann mit Craine allein.«

»Können Sie mir noch sagen, was er für ein Zeitgenosse ist? Schlimm? Brutal oder . . .«

»Mal so, mal so. Große Schnauze auf der einen Seite. Auf der anderen zieht er dann den Schwanz ein, wenn es ihm an den Kragen geht. Aber er ist immer wieder so durchgekommen. Man kann ihn auch als einen Aal bezeichnen. Er flutschte von einem Versteck ins andere. Jetzt scheint er die Nerven verloren zu haben.«

»Gut, dann lassen Sie uns gehen.«

»Sofort.« Tinney trank noch den Rest Kaffee aus dem Becher.

Ich wartete auf ihn an der offenen Tür. Sie fiel eigentlich nie zu, weil immer wieder Leute hereinkamen oder auch gingen. Um mich kümmerte sich niemand.

»Wir müssen in den Keller«, sagte Tinney, als er sich an mir vorbeischob.

»Wohin sonst?«

Wir nahmen einen Lift, in dem es etwas kühler war.

Noch kühler empfing uns der unterirdische Bereich, in dem die Zellen für die Gefangenen lagen. Es gab auch Einzelzellen, und in einer von ihnen fanden wir Koko Craine.

»Schauen Sie mal, Mr. Sinclair.« Tinney schob die Klappe vom Guckloch weg.

Ich peilte in die Zelle und sah einen Mann, der einen schmutzigen dunklen Anzug trug und eine Strickmütze auf dem Kopf. Auf dem Stuhl saß er wie auf einer Toilette, und er starrte ins Leere. Sein Gesicht wirkte eingefallen. Die Wangen waren mit Bartstoppeln bedeckt, die einen dunklen Schattenfilm abgaben.

»Macht einen apathischen Eindruck«, kommentierte ich.

»Das kann sich ändern. Er hat sich sprunghaft gezeigt. Wenn Sie wollen, bleibe ich bei Ihnen.«

»Das brauchen Sie nicht. Ich werde auch meine Waffe behalten. Soviel Erfahrung habe ich.«

»Dann knacken Sie mal die Nuß.« Den Schlüssel hatten wir bekommen, die Tür mußte nur noch geöffnet werden. Das war kein Problem, dann konnte ich eintreten.

Auf die Toilette wollte ich mich nicht setzen, deshalb entschied ich mich für die Tischkante.

Erst als ich saß, schaute Koko Craine auf.

Er sah mich und zuckte zusammen, obwohl ich ihm nichts getan hatte. Furcht konnte er vor mir nicht haben.

Ich stellte mich vor und erklärte ihm dann, daß ich derjenige war, dem er sein Herz ausschütten konnte.

Seine Antwort bestand aus einem Lachen. »Was wollen Sie denn? Mich auf den Arm nehmen?«

»Das hatte ich nicht vor. Ich wollte nur von Ihnen erfahren, was Sie ihn der vergangenen Nacht erlebt haben. Sie sprachen von einem Friedhof, einem Mord und einer Frau, die sich Satanica nennt.«

»Stimmt alles.«

»Sehr gut. Dann brauchen Sie mir nur noch die Zusammenhänge zu erklären.«

Koko schaute gegen die Zellenwand, als gäbe es dort etwas Interessantes zu entdecken, aber die Dinger waren einfach nur graugrün gestrichen, abgesehen von den Zoten, die irgendwelche ›Künstler‹ dort hingeschmiert hatten.

»Kann ich eine Zigarette haben?«

»Können Sie.«

Er rauchte einige Züge, dann fing er an zu reden. Dabei sah er mich ebenfalls nicht an. Ich spürte jedoch, daß hier ein Mensch vor mir saß, der einfach etwas loswerden mußte und wollte. Dinge, die ihn stark beschäftigten und auch unter Druck setzten. Er redete wie ein Wasserfall. Sogar das Rauchen vergaß er dabei, und er trat den Kippenrest schließlich mit dem Absatz auf dem Boden aus.

Anschließend ging es ihm sicherlich besser. Mir weniger, denn in meinem Kopf wirbelten die Informationen, die ich erst einmal ordnen mußte. Koko allerdings saß wie auf dem Sprung. Er forderte mich förmlich heraus.

»Los, sagen Sie doch was!«

»Interessante Story.«

»Die stimmt.«

»Das Gegenteil habe ich nicht behauptet. Wenn es sich alles so zugetragen hat, wie Sie es mir erzählten, müßte ich den Toten noch auf dem Friedhof finden können.«

»Klar. Falls ihn nicht jemand weggeholt hat.«

»Wer sollte das tun?«

»Weiß ich doch nicht.«

»Der Friedhof liegt einsam – oder?«

»Ja, sehr. Dort finden auch keine Begräbnisse mehr statt.«

»Sie kannten ihn trotzdem?«

»Sicher. Er war mein Lager.«

»Wie das?«

»Lager für Stoff. Es gibt dort gute Verstecke. Wer interessiert sich schon für alte Gräber?«

»Da haben Sie recht. Der Stoff interessiert mich natürlich nicht, wie Sie sich denken können, sondern diese Frau, die ihren eigenen Bruder getötet hat und dann verschwunden ist. Sie heißt Satanica. Was ist mir ihr?«

Als ich den Namen Satanica erwähnt hatte, war der Mann bleich geworden. Er schien einen Höllenrespekt vor ihr zu haben. »Sie ist ein Untier«, flüsterte er mit gesenktem Kopf. »So gut kenne ich sie auch nicht, aber ich habe sie schon einige Male erlebt, als ich auf dem Friedhof war, um mich mit Stoff einzudecken. Sie hat mir zwar nichts getan, mich auch nicht angegriffen, aber ich habe trotzdem Angst vor ihr.«

»Haben Sie mit ihr gesprochen?«

»Hin und wieder.«

»Was konnten Sie erfahren?«

»Nicht viel. Sie wollte einen besonderen Weg einschlagen. Nicht so leben wie die anderen Menschen. Sie glaubte an die Götter oder Göttinnen, wie auch immer, und sie hat mir mal gesagt, daß sie sich als andere Person fühlte – eigentlich.«

Ich nickte vor mich hin. »Sie sprechen von einem Zeichen, das sie auf die Grabplatte gemalt hat.«

»Ja, ein Kreis mit diagonalen Strichen. Für mich sah es aus wie ein Wagenrad.«

»Wissen Sie etwas über seine Bedeutung?«

»Nein – Sie denn?«

»Auch nicht«, gab ich zu. »Und gefragt haben Sie Satanica danach nie?«

»Nein.«

»Wie heißt sie richtig?«

»Debora Brixton.« Er mußte schlucken, bevor er weitersprach. »Jetzt ist sie eine verdammte Brudermörderin. Sie kennt keine Gnade. Ich habe ihn zu ihr gebracht. Er wollte ja den Deal machen. Scheiße, jetzt ist er tot.« Er wischte über sein feuchtes Gesicht. »Ich trage indirekt die Schuld daran. Den Mord selbst habe ich nicht gesehen, aber es gibt keinen anderen Täter, der infrage gekommen wäre. Scheußlich.«

»So denke ich auch.«

Koko Craine hob den Kopf so an, daß er mir ins Gesicht blicken konnte. »Was wollen Sie jetzt tun?«

»Hinfahren und nachschauen.«

»Ach – tatsächlich?«

»Haben Sie etwas anderes erwartet?«

»Tja«, murmelte er, »ich weiß nicht.« Er bewegte sich unruhig auf seinem Stuhl. »Ich bin mir wirklich nicht sicher, wenn ich ehrlich sein soll. Aber wenn Sie das sagen . . .«

»Sollte ich Ihnen nicht glauben?«

»Keine Ahnung. Eines will ich Ihnen aber sagen. Ich habe mir das nicht ausgedacht. Wenn ich nie einen echten und ehrlichen Schwur geleistet habe, hier würde ich es tun.«

»Davon, daß ich Ihnen nicht glaube, habe ich kein Wort gesagt. Ich wollte mir nur ein Bild von Ihnen als Zeugen machen. Was Sie sonst noch getan haben, damit müssen Sie selbst fertig werden. Alles andere interessiert mich nicht.«

»Kann ich mir denken.«

»So, und jetzt hätte ich noch gern gewußt, wie ich diesen alten Friedhof erreichen kann.«

»Okay, ich gebe Ihnen die Beschreibung.«

Ich machte mir Notizen und fragte Koko noch einmal, ob ihm noch etwas eingefallen war.

»Nein, nichts. Gehen Sie hin. Schauen Sie sich das Grab an, und versuchen Sie, Satanica zu stellen. Über ihren Bruder können Sie nicht mehr an sie herankommen.«

»Was ist mit den Eltern?«

»Keine Ahnung.« Er verzog freudlos sein Gesicht. »Ich war ja kein Freund von ihm. Deshalb habe ich auch kaum etwas über ihn gewußt. Da müssen Sie schon andere fragen.«

»Das werde ich auch machen.« Für mich war das Gespräch beendet. Es war aufschlußreicher gewesen, als ich gedacht hatte. Auf dem Weg zur Tür schaute mir der Dealer sehnsuchtsvoll nach. Die Freiheit würde er sicherlich sehr vermissen.

Kollege Tinney empfing mich mit einem Grinsen auf dem fragenden Gesicht. »Na, wie ist es gewesen?«

»Aufschlußreich.«

»Sie glauben ihm? Sie gehen davon aus, daß auf diesem alten Friedhof die Leiche des Streetworkers liegt?«

Ich gab ihm eine indirekte Antwort. »Der Fall liegt jetzt bei uns. Wobei ich noch immer nicht begreifen kann, daß Sie als Polizist den Aussagen nicht nachgegangen sind. Ihre Dienstauffassung ist miserabel.«

»Ausreden, Mr. Sinclair, nichts als Ausreden. Sie glauben gar nicht, was diese Dealer zu ihrer eigenen Entlastung auftischen. Die erfinden die tollsten Dinge. Das wenige, das stimmt, muß man auch noch filtern. Im Erfinden von Geschichten und Ausreden sind sie super.«

Ich wollte mich auf keine Diskussion über Dienstauffassung einlassen und nickte ihm zu. Es war ein

Abschiedsgruß, denn ich lenkte meine Schritte auf den Lift zu.

Während ich allein nach oben fuhr, dachte ich an das Gespräch mit Koko zurück. Es hatte einiges gebracht – und, was letztendlich entscheidend für mich war, es war ihm gelungen, mich zu überzeugen. Da dachte ich anders als die Kollegen von der Metropolitan Police. Der Dealer hatte nicht gelogen, dann hätte er sich anders verhalten. Soviel Menschenkenntnis traute ich mir schon zu.

Der Friedhof würde noch etwas auf mich warten müssen. Zunächst mußte ich zurück ins Büro und dort mit Suko reden. Allein wollte ich dem Gelände keinen Besuch abstatten. Ich spürte, daß da etwas auf uns zurollte, was verdammt gefährlich sein konnte.

Suko war etwas ungeduldig. Er schaute auf die Uhr, als ich die Tür zum Büro aufstieß. »Du hast dir aber Zeit gelassen.«

»Es lag nicht an mir.«

»Stau?«

»Auch.«

»Na denn.«

Er wollte die Beine ausstrecken und es sich bequem machen. Dagegen hatte ich etwas. »Nicht so, mein Lieber. Wir werden uns auf die Socken machen.«

Er schaltete schnell. »Zum Friedhof.«

»Ja.«

Plötzlich blitzten seine Augen hellwach. »Dann laß mal hören, was du herausgefunden hast.«

Ich nahm mir die Zeit, ihm von den Aussagen des Dealers zu berichten.

Sukos Lockerheit verschwand, denn auch er spürte, daß der andere nicht gelogen hatte.

»Mein lieber Schwan«, sagte er dann, »da kann noch einiges auf uns zukommen.«

»Sehr richtig.«

»Wie hieß diese Person noch, die sich Satanica nennt, mit richtigem Namen?«

»Debora Brixton.«

»Okay, und sie war die Schwester des Streetworkers. Zwei Menschen, die verschiedene Wege gehen, wie sie unterschiedlicher nicht sein können. Ist Satanica ein Gruftie?«

Ich wollte Suko nicht auslachen, aber ich konnte das Lachen auch nicht mehr stoppen. »Nein, das ist sie auf keinen Fall. Grufties sind im Prinzip harmlos. Die erleben eine Phase, die irgendwann auch vorbeigeht. Satanica ist schlimmer. Viel schlimmer, fürchte ich ...«

Im Laufe der Jahre hatten wir schon zahlreiche Friedhöfe kennengelernt. Nicht nur hier in London oder Umgebung, sondern auch in anderen Teilen der Welt.

Von diesem aber, der noch zum Großraum London gehörte, hatten wir noch nie etwas gehört. Es war auch gut gewesen, daß ich mir Notizen gemacht hatte, denn ohne sie hätten wir den Friedhof kaum gefunden, der ziemlich versteckt lag und sich harmonisch in die Landschaft eingliederte. Seitdem er nicht mehr benutzt wurde, hatte sich die Natur ausbreiten können.

Auch die zu ihm hinführenden Wege waren von der Natur teilweise zurückerobert worden.

Gerissener Asphalt, Bodendecker, die sich ausbreiteten.

Der Verkehr war hinter uns zurückgeblieben, und wir schienen vor einem Eingang zu einer Märchenwelt zu stehen. So ähnlich hatte ich mir als Kind immer Dornröschens Schloß vorgestellt. Nicht zu sehen, weil es hinter hohem Gestrüpp verborgen lag und nur auf den Prinzen wartete, der das verwunschene Mädchen erlöste.

Wir waren keine Prinzen, und es gab auch keine schöne Jungfrau im Tiefschlaf. Eher eine Person, die den Gesetzen der Hölle und mehr folgte, wobei es ihr nichts ausmachte, auch über Leichen zu gehen.

Wir waren nahe dem Eingang ausgestiegen. Das alte Tor war unter Efeu und anderen Rankengewächsen verschwunden.

Eine Mauer war auch noch vorhanden. Nur erinnerte sie uns jetzt an einen bewachsenen Wall, fast schon vergleichbar mit einem Bahndamm. Während Suko sich dem Tor näherte, blieb ich zurück und schaute mich um. Zwar hatte ich auf der Fahrt nie das Gefühl gehabt, verfolgt zu werden, aber man konnte ja nie wissen.

Nein, es war niemand in der Nähe. Weit entfernt glitt eine große Schnecke über einen Acker. So kam mir der Traktor vor, den der Bauer über sein Feld lenkte.

Rappelnde Laute erreichten mich. Als ich mich gedreht hatte, sah ich Suko, wie er am Tor zerrte. Seine Hände hatten zwei Stangen umfaßt, die er gefunden hatte.

»Schaffst du es?«

»Ich habe es schon geschafft.«

Das Tor war offen. Nicht voll und weit, aber es reichte aus, daß wir den Friedhof betreten konnten. Das Wetter ließ sich ertragen. Es regnete nicht, aber graue Wolken lagen schon schichtweise übereinander, und dazwischen schimmerte das Hell der Sonne.

Vor uns breitete sich ein mitteleuropäischer Dschungel aus, aber kein normaler Friedhof. Hier war die Flora gewuchert, hier hatten sich Hecken Platz geschaffen, die wie aufgebläht wirkten, weil sie niemand schnitt, und hier war auch das Unkraut grenzenlos gewachsen. Allerdings hatte es nicht alles überwuchern können, denn Grabsteine waren genug zu sehen. Es hatte den Anschein, als wäre die Natur um die alten Denkmäler herumgewachsen. Die steinernen Andenken ragten aus dem Unkraut hervor wie mächtige Wächter in vielfältigen Formen und Abmessungen.

Alte Keltenkreuze waren ebenso vorhanden wie normale Figuren oder einfach nur viereckige Steine. Dieser Friedhof konnte keiner Religion zugeordnet werden, aber er war auch keiner gewesen, auf dem Verbrecher beerdigt wurden. Sonst hätte er nicht diese düstere Pracht ausgestrahlt. Es war tatsächlich so etwas wie eine düstere Pracht. Kalt auf der einen, aber faszinierend zugleich auf der anderen Seite. Ein Friedhof wie dieser spaltete Menschen in Befürworter und Ablehner.

Wir hatten beide geschwiegen und das Gelände auf uns einwirken lassen. Suko unterbrach das Schweigen mit einer aus seiner Sicht berechtigten Frage. »Ich hoffe, du weißt, wo wir das Grab finden können, John.«

»Klar. Koko hat mir den Weg beschrieben.«

»Siehst du hier einen Weg?«

»Du kannst ja Tarzan spielen und dich von einem Grabstein zum anderen schwingen.«

»Nur wenn du meine Jane bist.«

»Nein, darauf verzichte ich.«

»Dann geh vor.«

Gehen stimmte zwar, aber wir mußten uns den Weg bahnen, und das war nicht einfach. Immer wieder kreuzten starre oder nachgiebige Zweige unseren Weg.

Bäume gab es hier fast nicht. Sie standen weiter hinten und bildeten dort eine Mauer mit einigen Lücken. Ein paarmal blieb ich stehen. Dann stellte ich mich auch auf die höher liegenden Grabplatten, um besser sehen zu können.

Ich reckte mich, weil ich nach markanten Orten Ausschau hielt, die der Dealer mir gegenüber erwähnt hatte.

So hatte er auf eine recht hohe und schmale Steingestalt hingewiesen, deren Kopf die anderen überragte. Ich suchte diese Gestalt und schlug die entsprechende Richtung ein.

Suko blieb neben mir. Einen Weg fanden wir nicht mehr, weil alles zugewuchert war. Hin und wieder hörten wir unter unseren Sohlen ein leises Knirschen oder Schaben. Es wies darauf hin, daß wir uns auf einem Weg befanden, auf dem früher einmal Kies gelegen hatte.

Wir kämpften uns vor. Immer wieder schlugen die Zweige zurück, und wir waren von zahlreichen Gerüchen umgeben. Was da alles in unsere Nasen drang, war kaum zu identifizieren. Überragend war der Geruch von dem wilder Rosen.

Sperriges Buschwerk mußten wir umgehen, um nicht an irgendwelchen Dornen hängenzubleiben. Der Wind strich wie ein lauwarmer Atem über den Friedhof hinweg. Vögel zwitscherten. Manche segelten mit wilden Flügelschlägen über unsere Köpfe hinweg.

Auf die Grabstätten nahmen wir keine Rücksicht. Oft waren ihre Platten die besten begehbaren Flächen, weil sich die Natur dort nicht so stark hatte ausbreiten können.

Patina hatte sich über die Grabsteine und die Figuren gelegt. Hin und wieder waren die Grabplatten auch eingesackt, dann lagen sie schief im Boden, als warteten sie darauf, daß irgendwann die Toten wieder zum Leben erwachten, um sie völlig in die Höhe schieben zu können.

Suko beschwerte sich murmelnd. Da ich ihn nicht verstanden hatte, fragte ich nach.

»Was hast du?«

»Nicht viel. Mich wundert nur, daß es einen derartigen Friedhof in der Nähe von London gibt und wir nichts davon gewußt haben. Darüber denke ich nach.«

»Was wäre das Leben ohne Überraschungen?«

»Stimmt. Nur kann ich mir bessere vorstellen.«

Ich duckte mich unter den Zweigen eines niedrig wachsenden Baumes hinweg und wußte dann, daß es nicht mehr weit bis zum Ziel war, denn wenn ich schräg nach links schaute, war die schlanke Grabfigur einfach nicht zu übersehen. So war sie mir auch von Koko Craine beschrieben worden. Schlank, recht hoch und dabei trotzdem würdevoll, als wollte sie einen gewissen Respekt verbreiten.

Der direkte Weg war nicht möglich. Es sei denn, wir wären durch eine sehr niedrige Hecke gelaufen. Die aber steckte voller Dornen. So umgingen wir sie und erreichten unser Ziel von der Seite. Als hätte man uns einen Befehl gegeben, blieben wir stehen und hielten für einen Moment den Atem an.

Nicht weil wir geschockt waren, denn der zu erwartende Tote lag nicht vor dem Grab. Wir wunderten uns nur über die leere Grabplatte, auf der alle Ingredienzen abgeräumt worden waren. Hier waren Spuren vernichtet worden.

»Nichts, John!«

»Bist du sicher?«

»Zumindest auf den ersten Blick.«

»Eben. Gönnen wir uns einen zweiten.«

Dabei sahen die Dinge schon besser aus. Zuerst entdeckten wir den Kerzenwachs auf dem Gestein. Er war hart geworden und bildete gelbliche Flecken.

»Das ist die erste Spur«, sagte ich und strich mit den Fingern über die Reste hinweg. Sie verteilten sich an vier verschiedenen Stellen, wo eben noch die Kerzen gestanden hatten.

»Hier ist auch Blut, John!«

Ich drehte den Kopf. Suko hockte direkt vor dem Grab. Er nickte sich selbst noch einmal zu, und ich sah auf seinem Gesicht ein Lächeln. Seine Hände bewegte er über den Boden, als wollte er das dort wachsende Gras streicheln. Dann hob er die rechte Hand und zeigte mir seine Fingerkuppen. Sie hatten eine rötlichbraune Farbe bekommen, die von Blutresten stammen konnte.

Ich schwieg zunächst. Bisher waren wir doch recht locker an diesen Fall herangegangen. Nun sahen die Dinge schon anders aus, und die Kälte auf meinem Rücken konnte ich schlecht verdrängen. Hier war eine Untat geschehen, der Dealer hatte nicht gelogen. Die Spuren wiesen darauf hin.

»Sie war da, John.«

»Sicher. Daran habe ich nie gezweifelt. Aber sie hat ihr Opfer auch weggeschafft.«

»Wohin?«

Ich antwortete mit einem müden Grinsen, denn die Frage konnte niemand beantworten.

Suko richtete sich wieder auf. Ich stand längst, und wir blickten uns um. Verstecke für einen Toten gab es genug. Man konnte ihn ins dichte Unterholz legen oder unter Holz verstecken. Daran wollte ich nicht glauben. Satanica hatte ihren Bruder getötet, um Spuren zu verwischen.

Während Suko stehenblieb, sah ich mir das Grab von allen Seiten an, besonders die Grabplatte.

Der Dealer hatte von einem Zeichen gesprochen. Von einem Kreis, der durch verschiedene Striche in mehrere Segmente aufgeteilt worden war. Gezeichnet mit dem Blut eines Tieres, das in eine Schale gefüllt worden war. Weder das Blut noch die Schale waren zu sehen.

Ich drehte die Runde mit langsamen Schritten, denn mir war etwas aufgefallen. Suko und ich hatten schon zahlreiche Gräber angeschaut, aber kein Grab hatte so ausgesehen wie dieses hier.

Das hier war einfach zu sauber. Es wirkte im Gegensatz zu den übrigen wie frisch gereinigt, und das mußte seinen Grund haben. Eine sehr saubere Platte. Das sogar an den Seiten, wo sie mit den Kantsteinen abschloß.

Ich wunderte mich, denn das war nicht natürlich. Da hatte jemand etwas gereinigt, um Spuren zu verwischen.

Ich stellte mich wieder hin und schaute Suko starr an, der mein Tun beobachtet hatte.

»Was denkst du, John?«

»Hier ist etwas nicht in Ordnung.«

»Oder zu perfekt.«

»Deshalb ist es ja nicht in Ordnung.« Ich deutete auf die Platte. Es gab hier keinen Grabstein, und ich überlegte, ob dieses Grab möglicherweise eine andere Bedeutung hatte. Aber damit kam ich noch nicht zurecht. Es mußte einfach etwas damit geschehen sein, weil man es gereinigt hatte.

Suko stellte die richtige Frage. »Was für eine Funktion könnte es haben?«

»Sehr gut, Alter.«

»Also denkst du auch darüber nach?«

»Nicht mehr.«

»Sondern?«

»Grabplatten haben es meist nicht an, sondern unter sich. Denk daran, wie oft wir in Gräbern etwas entdeckt haben.«

»Du wirst es kaum glauben, aber daran denke ich schon die ganze Zeit. Ich frage mich nur, wie wir sie anheben sollen.«

»Glaubst du denn, daß diese Satanica die Grabplatte jedesmal angehoben hat?«

Er schüttelte den Kopf. »Nein. Es muß demnach einen Mechanismus geben, der uns Zugang verschafft.«

»Okay, suchen wir ihn.«

Vor allen Dingen waren die Ränder der Platte für uns interessant. Sie wirkten so glatt, als wären sie geschliffen worden. Beide fuhren wir mit den Fingern darüber hinweg. Das hatte uns die Erfahrung gelehrt. Oft genug hatten wir an derartigen und ähnlichen Stellen kleine Hebel oder Kontakte entdeckt, die nur bewegt zu werden brauchten, um die Grabplatte aus ihrer ursprünglichen Lage zu bringen. Sie konnte sich hier senken oder verschieben, aber soweit waren wir noch nicht und suchten konzentriert weiter.

Wir suchten schweigend. Die Stille paßte zu dem Friedhof, allerdings war es nicht völlig ruhig, denn unzählige Insekten umsummten uns. Mücken tanzten, Fliegen zogen ihre Bahnen, aber auch Wespen, Bienen und sogar Hummeln fanden reiche Nahrung in den Blüten der Sommerblumen.

Mehr aus den Augenwinkeln fiel mir auf, daß Suko zu suchen aufgehört hatte. Auch ich hörte auf und schaute ihn über die Schmalseite der Grabplatte hinweg an.

»Was ist los?«

»Hier könnte etwas sein.«

Ich fragte nicht mehr weiter, weil ich Suko in seiner

Konzentration nicht stören wollte. Seine Hände wanderten weiter, allerdings auf eine bestimmte Stelle zu, und sie stoppten, als sie diesen Punkt erreicht hatten.

»Da ist es, John!«

»Was?«

»Eine Ausbuchtung, die einfach nicht dorthin gehört.«

»Hebel?«

»So etwas Ähnliches.« Er senkte den Blick, um sich die Stelle genauer anschauen zu können. »Aus Metall«, meldete er dann mit leiser Stimme. »Das Ding muß sich doch bewegen lassen.«

»Soll ich dir helfen?«

»Nein, nein, laß mal, das packe ich allein.«

Er probierte weiter. Ich sah, wie er scharf grinste. »Jetzt habe ich es.«

Ich wartete voller Spannung. Wie Suko es geschafft hatte, war für mich nicht zu sehen, aber er hatte es geschafft, denn ich hörte das typische Geräusch, das entsteht, wenn Stein über Stein schabt. Hier bewegte sich die Platte. Sie kippte zu einer Seite weg. Und zwar zum Kopf des Grabes hin, so daß vor unseren Augen ein dunkles, tiefes Viereck entstand, in das wir hineinschauen konnten.

Suko kniete noch immer. Ich war aufgestanden und hatte mich vorgebeugt. Es fiel genügend Licht in die Tiefe, um das Grab genauer sehen zu können.

Es war nicht leer.

Lange hatten wir nach dem Toten gesucht.

Jetzt sahen wir ihn.

Mit durchschnittener Kehle lag er in dem großen Grab.

»Also doch«, flüsterte Suko. »Der Dealer hat nicht gelogen. Verdammt, das hätte ich nicht gedacht.«

»Warum?«

»Der eigene Bruder.«

»Darauf nehmen gewisse Personen keine Rücksicht, das weißt du selbst, Suko.«

»Ja, leider.«

Um noch besser sehen zu können, hatte ich meine Lampe hervorgeholt. Ich strahlte in das Grab hinein, runzelte die Stirn, weil ich etwas an der mir gegenüberliegenden Wand sah, das wie eine Schrift aussah. Ein Sinnspruch, ein Zitat oder etwas Ähnliches. Direkt darunter und neben dem Toten stand die Schale mit dem Blut. Federn entdeckte ich keine. Sie mußten weggeräumt worden sein, ebenso wie das Mordmesser. Die Schale und der Tote. Außerdem die Schriftzeichen auf der Innenwand.

»Was machen wie?«

Ich hob die Schultern. »Den Toten möchte ich nicht im Grab liegenlassen. Wir holen ihn raus.«

»Wenn du willst.«

Ich kletterte bereits in das Grab hinein. Vorsichtig ließ ich mich mit gestreckten Beinen in die Tiefe gleiten und stemmte mich am Rand ab. Ich gab acht und versuchte, den Toten möglichst nicht zu berühren. Ich wollte mich nicht auf seinem Körper abstemmen.

Es klappte gut. Der Raum zwischen ihm und der Grabseite war breit genug, um auch für mich den nötigen Platz zu lassen. Blut fand ich nicht mehr in seiner Nähe. Das hatte er außerhalb des Grabs verloren. Ich beugte mich über seine Kehle. Sie war mit einem glatten Schnitt durchtrennt worden. Die zweite Wunde zeichnete sich in Bauchhöhe ab. Auf dem Gesicht des Toten lag noch immer eine Mischung aus Entsetzen und Staunen. Er hatte es bestimmt nicht begreifen können, von seiner eigenen Schwester umgebracht worden zu sein.

Ich bückte mich und hob den Toten an, nachdem ich meine Hände unter den Körper geschoben hatte. Die Leiche war schwer, aber mit Sukos Hilfe stemmte ich sie hoch.

Wenig später lag sie neben dem Grab, aber ich kletterte noch nicht hinaus, worüber sich Suko wunderte, denn er fragte: »Willst du dort übernachten?«

»Das nicht gerade.«

»Dann komm!«

»Nein, ich bleibe. Du könntest kommen.«

»Warum sollte ich das tun?«

Ich schob die Schale mit dem Blut zur Seite, damit sie Suko nicht behinderte.

Er stellte keine Fragen mehr, sondern ließ sich in das Grab hinabgleiten. Neben der gekippten Grabplatte blieb er stehen. Sie hing an einem Mechanismus, der über zwei Stangen und den dazugehörigen Gelenken lief.

»Was ist denn so wichtig, John?«

Als Antwort wies ich gegen die Wand.

Er hatte die Schrift zuvor nicht sehen können, nun bekam er große Augen. »Da hat jemand etwas hinterlassen.«

»Einen Text, und das ist bestimmt kein Kindergedicht.« Die Buchstaben hoben sich zwar von ihrem Untergrund ab, trotzdem waren sie besser zu lesen, wenn wir sie anleuchteten, und so zielten wir mit zwei Lampenstrahlen auf den Text.

Ich las ihn halblaut vor, damit auch Suko etwas verstehen konnte. Zudem war ich näher an den Text herangegangen.

Siehe, Anat kämpft in der Ebene,
sie schlachtet zwischen den beiden Städten,
sie schlägt das Volk der Meeresküste,
vernichtet die Menschen aus dem Osten.
Köpfe waren unter ihr wie Erdklumpen,
auf ihren Händen wie Heuschrecken,
wie Rindenstücke der Platane Hände der Krieger.
Sie befestigte die Köpfe an ihrer Brust,
band fest die Hände an ihrem Gürtel.
Sie tauchte ihre Knie in das Blut der Starken,
ihre Schenkel in das Gerinnsel der Krieger.

Der Text war gelesen. Ich schwieg und schaute Suko dabei an, der etwas verlegen neben mir stand und über sein Kinn strich. Sein Gesicht hatte einen nachdenklichen Zug angenommen, aber in seinen Augen sah ich kein Erkennen oder Wissen.

»Kein Kommentar?«

Suko ließ seine Hand sinken. »Ich weiß es nicht, John. Ich könnte etwas über diesen kriegerischen Text sagen, aber er trifft bei mir auf taube Ohren. Natürlich hört er sich mythologisch an, nur komme ich mit dieser Art von Mythologie nicht zurecht. Das ist keine Ausrede. Ich denke, daß du da besser Bescheid weißt.«

»Nicht viel.«

»Aber du hast einen Anhaltspunkt.«

»Ja, das schon.«

»Welchen?«

»Direkt in der ersten Zeile wird ihr Name genannt. Es ist Anat. Ihn kenne ich. Und ich weiß auch, daß es nicht der einzige Name ist, den sie trägt. Man nennt sie auch Atiratu oder Astarte.«

»Der Name ist mir geläufig.«

»Eben.«

Suko räusperte sich. »Dann wäre unsere unbekannte Satanica also eine Dienerin der Anat oder Astarte.«

»Kann man so sagen.«

»Warum tut sie das? Warum wendet sie sich ausgerechnet Anat zu?«

»Da bleibt uns die Spekulation. Anat ist eine Göttin, und sie widerlegt die Aussage, daß Göttinnen unbedingt friedlich sein müssen. Ich weiß nicht unbedingt viel über sie, obwohl sie immer wieder durch die Frühgeschichte wanderte. Sie ist die Göttin des grausamen Kampfes, und sie war immer einem anderen Gott zugetan. Jetzt fällt mir ein, daß sie auch Ischtar genannt wurde. Bei den Babyloniern. Andere Völker gaben ihr weitere andere Namen. Sie ist eben verdammt vielfältig und geistert durch alle Mythologien. Auch Salomo hatte mit ihr zu tun und war ihrem Kult nicht abgeneigt, was damals praktisch ein Unding war, denn man ging ausschließlich von männlichen Gottheiten und Göttern aus. Er aber hatte sie akzeptiert, weil er sich eben aus den Fesseln lösen wollte und sich als Erneuerer ansah.«

»Du hast vorhin noch von einem Götzen gesprochen, dem sie zugetan sein sollte.«

»Richtig. Das war Baal. Sie war ihm in großer Liebe zugetan und folgte ihm sogar ins Totenreich. Sie gab sich ihm hin und ließ sich von ihm besteigen, wobei Baal als Stier dargestellt wurde. Dabei spielte sie die Leier und sang zu seinen Ehren.« Ich nickte vor mich hin. »Das war schon ein Schätzchen.«

»Kriegslüstern.«

»Nicht nur das. Auch enthemmt.«

»Wie kommst du darauf?«

»Durch die Art, wie sie töten. Weibliche Götter killen eben enthemmt und entfesselt. Da spielt die Leidenschaft eine große Rolle. Ihre Aggressivität ist unwahrscheinlich. Männliche Gottheiten töten eher kalt, beinahe bürokratisch.« Ich blies den Atem aus. »Dabei weiß ich allerdings nicht, ob Astarte und Anat tatsächlich ein und dieselbe Person sind. Beide werden oft in einem Zusammenhang genannt, aber es will mir nicht in den Kopf, daß Salomo damals mit Anat paktiert hat. Das muß Astarte gewesen sein. Er hat ihr ja in seinem Tempel selbst so etwas wie einen Altar gebaut und ist deshalb auch in Schwierigkeiten geraten.«

Suko räusperte sich. »Sollte alles wieder in die Richtung König Salomo laufen?«

»Das weiß ich nicht.«

»Denk daran, deine letzte Reise liegt noch nicht lange zurück.«

»Richtig.«

»Wenn du mich fragst, so habe ich eine andere Meinung, denn ich gehe davon aus, daß sich Satanica Anat zugewendet hat und eben nicht Astrate, falls die beiden zwei verschiedene Personen sind. Und sie nennt sich deshalb Satanica, weil der Name Anat besetzt ist. Sonst hätte sie sich diesen Namen geben können.«

»Möglich.«

»Du glaubst nicht daran?«

Ich wischte mit der Hand durch die Luft. »Was ich glauben soll, das weiß ich nicht. Wir müssen uns an die Fakten halten, die wir vorliegen haben. Das ist der Tote, das ist die Schale mit dem Blut, das ist dieses Grab, das mehr einem Opferaltar gleicht, ansonsten stehen wir ziemlich dumm da.«

»Exakt. Selbst der Text bietet keine Spur, die uns weiterbringen könnte. Nur ist es nicht ausgeschlossen, daß Satanica wieder zurückkehrt. Das kann nicht so lange dauern. Wahrscheinlich wollte sie erst Gras über ihre Tat wachsen lassen. Wir brauchen uns also nur auf die Lauer zu legen und warten, bis sie wieder erscheint.«

»Das kann dauern.«

»Sicher, aber hast du einen besseren Vorschlag?«

»Man müßte sie suchen.«

»Wo?«

»Ich kann mir vorstellen, daß sie noch andere Verstecke auf dem Gelände hat.«

»Willst du jedes Grab untersuchen?«

Nein, das wollte ich nicht. Deshalb verdrehte ich auch die Augen. Ein Beweis, daß ich im Moment überfragt war. Natürlich hätten wir jetzt den normalen Weg gehen müssen. Die Kollegen von der Mordkommission alarmieren, die dann die Untersuchungen vornahmen und die Spuren sicherten. Ich sträubte mich dagegen, denn ich wollte dem Friedhof die relative Ruhe lassen.

Suko machte sich inzwischen nützlich. Er durchwanderte das Grab und klopfte dabei die Wände ab, weil er nach einem Hohlraum suchte. Möglich war alles, aber die Wände standen fest, nur dieser makabre Sinnspruch war darin eingemeißelt worden. »Eine Kriegsgöttin«, sagte er dabei, »die ihren Feinden keine Chance läßt. Die schlachtet sie ab, und sie behängt sich mit ihren Köpfen wie eine Trophäensammlerin. Da haben wir uns etwas eingebrockt.«

»Okay, Suko, das war's hier. In Gräbern habe ich mich noch nie wohl gefühlt.«

Wir kletterten hinaus. Beide waren wir unzufrieden. Erreicht hatten wir nichts. Okay, wir hatten einen Hinweis durch den Text erlebt, aber das war auch alles. Er selbst hatte uns keine Spur zu Satanica gewiesen.

Ich wußte, wie sie aussah. Der Dealer hatte sie mir beschrieben. Eine normale Frau, die gerade wegen ihrer Normalität so gefährlich war, denn wer ihr begegnete, traute ihr keine Greueltaten zu.

Auch Suko verließ das Grab, klopfte seine Hose ab und drehte sich auf der Stelle.

Es war nicht zu sehen, ob wir heimlich beobachtet wurden. Die Deckungen waren einfach zu gut und zu dicht, und wir wußten auch nicht, wo wir suchen sollten.

»Lassen wir den Toten hier liegen?«

»Ja. Wenn sie zurückkehrt, soll sie sehen, daß ihre verdammte Bluttat aufgefallen ist.«

»Weißt du, was mir durch den Kopf geht, John?«

»Nein, aber du wirst es mir gleich sagen.«

»Sehr richtig. Ich denke daran, daß die Göttin Anat damals viele Verehrerinnen gehabt hat. Bedingt dadurch, daß die Frau in der Zeit nicht viel wert war und mehr als Gebärmaschine und Dienerin gehalten wurde. Dann erscheint plötzlich eine Person, die den Frauen Mut gibt. Die noch härter und brutaler ist als mancher Götze, die sich zudem mit einem der mächtigsten Götter zusammengetan hat, mit Baal. Das muß doch für die Unterdrückten ein Fest gewesen sein.«

»Klar, eine gewisse Art von Emanzipation in vorchristlicher Zeit.«

»Eben. Und diese Emanzipation könnte in unsere Gegenwart mit hinübergerettet worden sein.«

Jetzt war mir klar, worauf Suko hinauswollte. »Du denkst, daß sie auch heute nicht allein ist.«

»Das wäre meine Schlußfolgerung gewesen. Sie kann sich Mitstreiter oder Diener geholt haben. Für mich ist das nicht nur möglich, sondern wahrscheinlich. Sie verkörpert Anat, wie auch immer, und zugleich ist sie ein Machtfaktor. Menschen haben sich schon immer zu ihr hingezogen gefühlt. So sehe ich die Dinge.«

»Kein Einspruch, Euer Ehren.«

»Dann müßten wir nur diejenigen suchen und finden, die sich zu Anat bekennen.«

»Kann sein. Vorausgesetzt, du hast recht.« Ich lief einige Schritte auf und ab. »Die Zeiten haben sich geändert, aber die alten Prinzipien sind geblieben. Noch immer reagieren Haß, Neid, Streit«, ich hob die Schultern, »auch Liebe, aber damit haben wir ja weniger zu tun. Ihr Auftauchen paßt in unsere Zeit. Sie ist ein weiblicher Guru, und ihre Thesen könnten auf fruchtbaren Boden fallen.«

»Dann sollten wir einen Sektenexperten befragen. Vielleicht kann er uns weiterhelfen.«

»Wäre eine Möglichkeit, wenn wir nicht weiterkommen.«

»Hast du einen anderen Vorschlag?«

Ich wiegte den Kopf. »Ja und nein. Nach wie vor gehe ich davon aus, daß dieser Friedhof ihr Reich ist. Hier fühlt sie sich wohl. Hier führt sie ihre Beschwörungen durch, die möglicherweise der Göttin Anat und einem anderen Götzen gemeinsam galten. Nämlich Baal.«

»Er wird in diesem Grabtext aber nicht erwähnt!« hielt Suko dagegen.

»Das muß auch nicht sein. Ich weiß, daß Anat und er zusammengehören. Sie haben so etwas wie eine Gemeinschaft gebildet. Das ist in allen Texten nachzulesen. Hier haben sie ein ideales Gelände.«

»Es hört sich an, als wolltest du hierbleiben.«

»Zumindest zieht es mich noch nicht weg. Ich möchte mich noch umschauen. Wir sollten immer daran denken, daß wir uns auf einem Friedhof befinden . . .«

»Was meinst du damit?«

»Zu einem Friedhof gehört zumindest eine Leichenhalle. Hast du eine gesehen?«

Suko zog die Lippen in die Breite. »Direkt nicht«, gab er zu. »Aber ich glaube, die Mauern eines Gebäudes durch irgendwelche Lücken entdeckt zu haben.«

»Wo war das?«

»Nicht weit vom Eingang.«

»Okay, schauen wir uns dort um.«

»Ich bin dabei.«

Meine Nase juckte plötzlich. Ich kratzte mich und nickte dann. Der Fall gefiel mir nicht. Mich hatte wieder das Gefühl erfaßt, auf dem Präsentierteller zu stehen, und der Hinweis auf Anat war ein verdammt böses Omen. Der Grabtext hatte genug gesagt. Wenn Satanica ihr nacheifern wollte, dann mußte sie einfach töten, um so zu werden wie sie – eine Kriegsgöttin eben.

Wir gingen, und das mit einem verdammt flauen Gefühl im Magen . . .

Es war wieder der berühmte Kampf durch den mitteleuropäischen Dschungel gewesen, doch schließlich konnte Suko triumphieren, denn es gab dieses Gebäude, das in früheren Zeiten einmal ein Leichenhaus gewesen sein mußte.

Auch an ihm hatte der Zahn der Zeit genagt, und die sich ausbreitende Natur hatte keine Rücksicht gekannt. Wer einige der Fensterscheiben zerstört hatte, war für uns nicht nachvollziehbar, aber es gab diese Lücken in der Mauer. Von außen her wuchsen die Pflanzen in das Innere der alten Leichenhalle hinein. Wir hätten durch eines der zerstörten Fenster klettern können, entschieden uns aber für einen anderen

Weg, da wir beide gern den Eingang hatten sehen wollen. Eine Tür hing schief in den Angeln und war auch überwuchert.

Zu hören war hier ebenfalls nichts. Die Stille des offenen Grabes hielt an. Ich betrat als erster das alte Leichenhaus. Unter meinen Füßen knickten die Zweige eines Buschs.

Eine muffige Halle empfing mich. Es roch irgendwie alt, aber auch nach Pflanzen. Wenn ich mich nicht zu sehr irrte, bestand diese Halle aus einem einzigen Raum. Türen, die woanders hinführten, sah ich nicht, und so bewegte ich mich nach vorn. Hinein in das Halbdüster, denn die zugewachsenen Fensteröffnungen ließen nicht eben viel Tageslicht herein.

Der Raum war leer. Er war schmutzig. Sogar hier wuchs das Unkraut. Es schaute aus den Lücken im Steinboden hervor. Es gab keine Bänke mehr, auch kein Podest, wo früher einmal ein Sarg gestanden hatte. Trotzdem war für mich der Hauch des Todes noch zu spüren. Er wehte mir unsichtbar entgegen, und ich glaubte auch nicht daran, daß es nur ein Überrest aus der Vergangenheit war.

Hier hatten sich bestimmt noch bis vor kurzem Menschen aufgehalten. Ein besseres Versteck und gleichzeitig eine Aktionsbühne gab es eigentlich nicht.

Auf den Wänden lagen Schatten wie Tücher. Die Decke über uns zeigte Risse, und noch ein Geruch störte mich, den ich allerdings erst später wahrnahm.

Blutgeruch!

Ich schnupperte und blieb stehen. Auch Suko ging nicht mehr weiter. Er sprach mich an. »Riechst du Blut, John?«

»Ja.«

»Dann hab ich mich auch nicht geirrt.«

Stellte sich die Frage, woher es stammte.

Blutlachen hatten wir auf dem Boden nicht entdeckt. Auch keine frischen Leichen, und trotzdem war der Gestank da.

Er wehte mir entgegen, und da gab es nur eine Möglichkeit. Er mußte aus der Wand gedrungen sein.

Mit wenigen Schritten hatte ich sie erreicht. Sie war schmutzig, zeigte eine graue Farbe. Schimmel hatte sich gebildet. Er schimmerte grün-weiß.

Ich ging an der Wand entlang. Irgendwo war ich mir sicher, daß ich etwas entdeckte. Ich glaubte auch, daß es mittlerweile kälter geworden war. Auch die Stille empfand ich nicht mehr als normal.

Suko war in der Mitte der leeren Leichenhalle stehengeblieben. Er beobachtete mich, stellte allerdings keine Frage und zog nur die Stirn kraus, als er sah, daß ich stehengeblieben war.

Ich hatte etwas entdeckt.

Ungefähr in der Mitte der Wand war die Zeichnung zu sehen. Eine Frau, die auf dem Boden kniete und sich dabei von einem Stiergott besteigen ließ.

Anat und Baal!

So wie ich es kannte und es Suko gesagt hatte. Ich winkte ihn zu mir. Er schaute sich die Zeichnung an, holte durch die Nase Luft und nickte. »Kompliment, du hast dich nicht geirrt.«

»Das weiß ich.«

»Dann hat Satanica oder Anat auch diese Halle besetzt. Sie scheint hier die Herrin zu sein.«

»Leider unsichtbar.«

»Wie schätzt du Baal ein?«

»Das kann ich dir nicht sagen. Keiner von uns weiß, ob er mitmischt oder nur als symbolische Figur dargestellt wird. Ich komme damit wirklich nicht zurecht.«

»Gräber, wie wir sie draußen gesehen haben, sind Verstecke, John. Dieser Friedhof ist nicht tot. Hier lebt noch etwas, das uns verdammt nicht gefallen kann und ...«

Er stoppte mitten im Satz, denn beide hatten wir die Geräusche gehört, die uns starr werden ließen, weil sie einfach nicht in diese Kulisse hineinpaßten.

Es war Hufschlag – oder ...?

Wir hielten den Atem an. Sekunden danach nickte Suko. »Wenn mich nicht alles täuscht, reitet hier jemand über den Friedhof, und mich würde verdammt interessieren, wer das ist.«

»Satanica auf einem Pferd?«

»Ich halte alles für möglich.«

Wir schwiegen wieder, weil wir uns auf das Geräusch konzentrieren wollten. Es blieb tatsächlich, und es blieb auch in unserer Nähe. Durch die offenen Fenster drangen die Laute an unsere Ohren. Dazwischen hörten wir das Knacken von Ästen. Zudem drangen sie von zwei Seiten in die Leichenhalle. Suko und ich reagierten, ohne uns zuvor abgesprochen zu haben. Er lief auf eine Seite zu, ich nahm die andere.

Als ich zwei Zweige zur Seite bog, entdeckte ich hohe Schatten.

Reiter!

Sie hockten auf ebenfalls dunklen Pferden, deren Hufe auf den weichen Boden klopften. Genaues hatte ich leider nicht sehen können, doch in mir stieg eine Ahnung hoch, die mir fast den Atem raubte.

Zugleich wurde mir kalt. Ich hörte Suko irgend etwas flüstern. Möglicherweise war es die Wahrheit, die auch ich jetzt erkannte.

Es waren Reiter, aber ganz bestimmte.

Die Horror-Reiter!

Der Anblick traf mich wie ein Schlag und ein Schock zugleich. Mit allem hatte ich gerechnet, nur nicht mir ihrem Erscheinen. Ich konnte auch keinen Zusammenhang zwischen ihnen und dieser uns noch unbekannten Satanica finden, aber sie waren vorhanden und umritten die Leichenhalle wie früher die Indianer die Wagenburg der Weißen.

Schwarze Pferde, schwarze Fast-Skelette mit breiten Brustpanzern, auf denen jeweils ein Buchstabe zu sehen war.

Zusammen ergeben sie das Wort AEBA!

Sie waren die Reiter der Apokalypse, die schon Albrecht Dürer gemalt hatte. Sie waren die Unheil- und Pestbringer, aber sie paßten nicht zu Anat und zu Baal. Wohl aber zu Satanica, denn auch sie waren der Hölle zugetan.

»Du hast sie gesehen?« hörte ich Suko fragen.

»Und ob.«

»Gehen wir hinaus?«

»Noch nicht.«

»Dann erkläre mir mal, weshalb sie hier plötzlich erschienen sind.«

»Ich kann mir nur eines vorstellen. Einer von ihnen trägt den Namen Baal. Du brauchst dir nur das B auf dem Panzer anzuschauen. Das ist die Verbindung. Sie stehen Satanica zur Seite und räumen ihr die Feinde aus dem Weg.«

»Wie schön für sie.«

Für uns war es weniger schön. Ich fragte mich auch, wie sich die vier Horror-Reiter verhalten würden. Ich glaubte nicht daran, daß sie nur zum Spaß hier erschienen waren. Die hatten etwas vor, die wollten etwas schützen, und ich mußte daran denken, wie oft wir ihnen schon gegenübergestanden hatten.

Bisher war es nie zu einer Entscheidung gekommen. Auch jetzt sah es nicht so aus, als wollten sie einen Angriff starten. Sie umkreisten auch weiterhin die alte Leichenhalle, als wollten sie dafür sorgen, daß wir sie auf keinen Fall verließen.

»Gehen oder bleiben wir?«

Meine Antwort erstickte auf dem Weg, denn plötzlich riß einer der Reiter sein Tier auf die Hinterhand. Der schwarze Gaul mit der dunklen Decke über dem Körper, drehte den Kopf. Aus dem Maul drangen Flammen hervor. Dabei zischte es, und heiße Dampfwolken wehten auf das Fenster zu, hinter dem ich stand.

Ich sprang zurück und hatte dabei genau das Richtige getan, denn auch die Gestalt des Reiters erschien vor dem Rechteck. Er hatte sich auf seinem Gaul gebückt. In der rechten Hand hielt er die Waffe, für die er berühmt geworden war.

Es war die verdammte Lanze, und sie rammte er so weit wie möglich durch das Fenster, um mich zu treffen.

Sie verfehlte mich, da ich zu weit nach hinten getreten war. Aber ich hatte meine Beretta gezogen und feuerte durch die Öffnung auf den Reiter.

Das geweihte Silbergeschoß erwischte ihn mitten in der Brust. Aber es hieb leider auch in den Panzer. Das war mir bekannt, denn schon öfter hatte er meine Silberkugeln geschluckt, ohne daß ich ihn hätte vernichten können.

Auch jetzt war es nicht der Fall. Er zog sich wieder zurück. Sein Pferd wieherte und schnaubte dabei, und es hörte sich an, als hätte der Teufel gelacht.

Im nächsten Augenblick war der Horror-Reiter verschwunden. Abgetaucht in die grüne Wand, die sich noch zitternd bewegte, wobei ich ihn nicht mehr zu Gesicht bekam.

Er ritt weg oder floh. Die dumpfen Hufschlaggeräusche verklangen. Das nicht nur bei ihm, sondern auch bei den anderen dreien.

Als ich mich umdrehte, stand Suko nicht mehr auf seinem Platz. Er war zur Tür gelaufen und nach draußen gegangen, wo er sich der Gefahr hatte stellen wollen. Es gab sie nicht mehr. Wir waren wohl allein und konnten durchatmen.

»Das verstehe, wer will, John, aber nicht ich.«

»Stimmt. Ihr Erscheinen ist ein Problem. Nur sollten wir das in einem großen Zusammenhang sehen.«

»In welchem?«

»Baal. Er ist für mich der entscheidende Faktor. Neben Anat und Satanica natürlich.«

»Viel schlauer bin ich trotzdem nicht geworden«, erklärte Suko.

»Gehen wir doch einfach davon aus, daß Satanica den Kontakt zu Baal gesucht hat, weil sie wie Anat fühlt. Sie kann so etwas wie die Wiedergeburt der alten Kriegsgöttin sein, und sie hat sich Baal natürlich hingegeben. Er ist aber in einem dieser verfluchten Horror-Reiter wiedergeboren worden. Demnach kann sich so der Kreis schließen, denn der alte Götze Baal bleibt in seiner Welt der Vergangenheit. Sie hat neue Formen gesucht.«

»Es war ein Stier, John.«

»Das ist richtig. Nur als Horror-Reiter ist er eben etwas anderes. Mehr kann ich zu diesem Zeitpunkt auch nicht sagen. Wir müssen Satanica finden.«

Suko zeigte ein kaltes Grinsen. »Schade, ich hätte sie gern dabeigehabt.«

»Sie weiß doch, daß wir hier sind. Grundlos sind die Horror-Reiter nicht erschienen. Einer für alle – alle für einen. So halten sie es, und sie haben einen neuen Schützling bekommen: Freundin Satanica.«

»Die sich versteckt hält und jetzt sicherlich sauer sein wird, daß wir überlebt haben.«

»Kann sein.«

Suko und ich entschlossen uns, auf dem Friedhof zu bleiben. Er war nicht so leer, wie es den Anschein hatte. In dieser Mischung aus Gräbern, Pflanzen und Büschen konnten sich zahlreiche Personen oder Geschöpfe versteckt halten.

Vor der Tür des alten Leichenhauses glaubte ich noch immer, einen schwachen Schwefel- oder Rauchgeruch wahrzunehmen, den die vier Horror-Reiter hinterlassen hatten. Ansonsten entdeckten wir keine neue Spuren. Abgesehen von einigen geknickten und niedergetrampelten Zweigen.

Der Vergleich mit einem Piloten fiel mir ein, der gezwungen wurde, vor seiner Landung noch zu kreisen, weil auf der Piste kein Platz frei war. Suko und ich kreisten auch. Wir warteten auf ein Zeichen oder ein Ereignis, damit es weiterging.

Das trat nicht ein.

Nach wie vor lag der Friedhof in seiner bedrückenden Düsternis vor uns. In der Nähe des Leichenhauses war sie sogar noch dunkler geworden, weil auch die Mauern Schatten warfen. Keine Sonne am Himmel, nur Wolken. Aber es war nicht kalt.

Ich ging zur Seite. Dorthin, wo der ehemalige Weg nur mehr zu ahnen war. Nach dem zweiten Schritt stoppte ich schon, denn Suko hatte einen erstaunten Ruf und zugleich einen Fluch ausgestoßen.

Ich fuhr herum.

Jetzt sah ich auch, was er sah.

Vor uns stand eine alte Frau!

Woher sie gekommen war, wußten wir beide nicht. Der Beschreibung nach war es nicht Satanica, sondern eine Person, die mir ihr nicht die Spur einer Ähnlichkeit aufwies.

Die Frau sah aus, als wäre sie aus einem Aschenhaufen gestiegen. Graue strähnige Haare, eben wir mit Asche gepudert. Ein graues Gesicht, allerdings heller als das Haar. Dafür eine graue Kleidung. Ein Hemd, ein langer Rock, staubige Schuhe.

Der linke Arm hing nach unten. Den rechten hatte sie angewinkelt. In Höhe des Ellbogens hing eine Stofftasche, die sich unten ausbeulte. Die Frau sprach kein Wort. Sie starrte uns nur an, und in ihren Augen bewegte sich nichts.

Uns konnte es letztendlich egal sein, woher sie gekommen war. Ich sah sie als eine Spur zu eben dieser Satanica an, auf die es uns letztendlich ankam.

Sie rührte sich nicht, obwohl ich langsam auf sie zuging. Eine Waffe hatte ich nicht gezogen, denn ich hatte friedliche Absichten und wollte keinen falschen Eindruck aufkommen lassen. Sie tat nichts, war stumm und hatte die Lippen fest zusammengepreßt. Beim Näherkommen entdeckte ich auch, daß ich einem Irrtum unterlegen war. So alt, wie die Person gewirkt hatte, war sie in Wirklichkeit nicht. Es lag an der Kleidung und an ihren Haaren. Ich schätzte sie auf dreißig oder einige Jährchen darüber.

Ich blieb so nahe vor ihr stehen, daß ich normal sprechen konnte, damit sie mich verstand. »Wer sind Sie?« fragte ich. »Und wo kommen Sie her?«

Sie hatte die Frage verstanden. Ihre Augen verengten sich leicht, aber sie gab mir keine Antwort.

»Wer sind Sie?«

Auf ihrer grauen Stirn entstand Bewegung, als sie die Haut in Falten legte. Dann erst antwortete sie mir.

»Gehen Sie weg!« flüsterte sie. »Geht weg – alle beide. Schnell . . .«

»Nein, widersprach ich. »Warum sollten wir gehen? Es gefällt uns hier auf dem Friedhof.«

»Niemand hat euch eingeladen.«

»Stimmt. Aber was tun Sie hier?«

»Ich gehöre dazu.«

»Wie schön für Sie. Zu wem gehören Sie?«

»Zu meiner Herrin.«

Zwar hatte sie den Namen Satanica nicht ausgesprochen, aber sie allein mußte mit dieser Herrin gemeint sein. Ich ging auch nicht darauf ein, sondern wollte nur wissen, wo wir die Herrin finden konnten.

»Es ist nicht euer Platz.«

Die Person zeigte sich stur. Sie stand unter einem fremden Einfluß und unter Druck. Deshalb war sie sich ihrer Sache auch so sicher. Sie ging davon aus, daß ihr nichts geschehen konnte. »Wenn ihr nicht geht, werdet ihr als Leichen auf dem Fest der Göttin zurückbleiben.«

Bevor ich noch über ihre Antwort nachdenken konnte, war sie auf mich zugegangen, hatte den Arm ausgestreckt und drückte mir die gespreizte Hand gegen den Leib, wobei mir ihre Finger vorkamen wie dicke stählerne Nägel. Auch die Stofftasche mit ihrem Inhalt war ins Schwanken geraten und prallte dabei gegen mein linkes Bein. Der Inhalt war rund. Für einen Augenblick konnte ich mich auf ihn konzentrieren. Eine Idee wischte durch meinen Kopf, aber ich stand wie eine Eins und ließ sie nicht vorbei.

Mein Gegendruck irritierte die Frau. Sie starrte zu mir hoch. Ihr Mund verzerrte sich. Es war wie eine Botschaft und eine Warnung zugleich, auf die ich nicht achten konnte, denn ich zerrte ihr die Tasche vom Arm.

Sie schrie. Dann sprang sie mich an und klammerte sich an mir fest. Sie riß den Mund auf. Ihr Kopf schnellte dabei auf mein Gesicht zu, als wäre sie ein Vampir, der mir seine Zähne in den Hals schlagen wollte. Das jedoch hatte sie nicht vor, sie wollte mir Hautfetzen von den Wangen reißen.

Mit einem Kniestoß, der ihren Leib traf, stieß ich die Frau nach hinten.

Sie schüttelte den Kopf und knurrte dabei, bevor sie ihre Hände gegen die getroffene Stelle preßte. Ich bekam Zeit, um mich um den Inhalt der Tasche zu kümmern.

Das hatte Suko bereits übernommen. Bisher hatte er die Tasche nur abgetastet, aber er mußte etwas Schlimmes gefühlt haben, denn sein Gesicht war bleich geworden.

Dann kippte die Stofftasche um.

Der Inhalt rollte heraus.

Es war ein Kopf – Perry Brixtons Kopf . . .

Die graue Frau mußte ihn abgeschnitten haben!

Satanica hatte den Friedhof verlassen, und niemand hatte sie dabei gesehen. Ihr Gewissen konnte sich nicht melden, weil sie einfach keines mehr hatte. Sie bewegte sich in einer völlig anderen Welt, obwohl die normale um sie herum war.

Aber sie fühlte sich nicht mehr wie ein Mensch. Sie hatte den richtigen Weg eingeschlagen und den Kontakt zur Göttin und deren Geliebten endlich erreicht.

Sie selbst war durch eine Lücke in der Mauer geschlüpft und lief auf ihr neues Zuhause zu. Es war eine Hütte im nahen Wald. Sie selbst und ihre Helferinnen hatten sie aus Holz und Lehm gebaut. Nicht mehr als ein primitiver Unterstand, aber er reichte ihr.

Zudem lag er sehr versteckt, wo der Wald wirklich am dichtesten war und kaum jemand hinkam. Nicht mal ein Förster oder einer dessen Helfer ließ sich dort blicken. So konnte sich Satanica in aller Ruhe ihren Beschwörungen hingeben und vor allen Dingen auf das große Ziel hinarbeiten, wo der Geist der Kriegsgöttin endlich voll und ganz von ihr Besitz ergreifen würde. Bei dem großen Fest am Abend und in der Nacht. Dort würde die Verwandlung perfekt werden.

Satanica schlängelte sich zwischen den dicht stehenden Fichten hindurch und sah dann ihr Haus vor sich. Das Dach hatte seinen Platz zwischen zwei Buchenstämmen gefunden, und genau dieser Zwischenraum diente ihr als Wohnstatt.

Ein einfaches Lager aus alten Fellen. Ein paar Konservendosen, aus denen sie ihre Mahlzeiten nahm. Einige mit Mineralwasser gefüllte Flaschen, mehr brauchte sie nicht zum Leben.

Auf dem Lager ließ sie sich nieder. Gedankenversunken schaute sie nach draußen und gegen die Mauer aus wippenden Fichtenzweigen. Neben ihr stand das Gefäß mit den Kerzen, die für die große Feier nicht zahlreich genug waren. Darüber sorgte sie sich nicht. Ihre Helferinnen würden Kerzen genug mitbringen und sie auf dem Friedhof aufstellen. Wenn die Beschwörung dann hinter ihr lag, würde sie die Kraft der Kriegsgöttin in sich spüren und auch so handeln wie sie.

Die Köpfe ihrer Feinde sollten an ihrem Gürtel baumeln. Das Zeichen des Triumphes, zu Ehren der großen Anat und zugleich als Geschenk für ihren Geliebten Baal.

Sie zitterte vor dem großen Augenblick. Sie wartete auf den Kontakt mit ihm, auf die Vereinigung, und sie glaubte fest daran, daß es geschehen würde.

Baal hatte bereits reagiert. Er hatte sich ihr offenbart. Er war gekommen. Auf einem Pferd sitzend, kein Stier, doch dieser Reiter war von seinem Geist erfüllt worden, und ihm würde sie den Kopf ihres Bruders weihen, diesem alten Narren, der in seiner Welt hätte bleiben sollen und nicht in ihre einzudringen versuchen.

Jetzt war er tot. Bedauern empfand die Person nicht. Der Weg führte woanders hin.

Die Beine hatte sie wieder angezogen und die Arme auf ihre Knie gelegt. Ihr Blick war starr. Sie schaute zwar gegen die dichten Fichten, sah aber so aus, als würde ihr Blick dabei ins Leere gleiten oder in der Unendlichkeit versickern.

Sie brauchte die Augen nicht zu schließen, um sich die andere Welt, die so lange zurücklag, vorzustellen. Alles war geschehen, aber nichts war vergessen. Es gab die Bilder und die Erinnerungen noch. Sie waren nur in fremden Dimensionen gespeichert, denn auch dort galt das alte Gesetz der Physik.

Nur wenige Menschen auf der Welt verfügten über die Gabe, diese Erinnerungen abzurufen. Satanica gehörte dazu. Sie rutschte stets hinein in die Vergangenheit, weil sie ihre Seele der Göttin Anat geöffnet hatte. Anat durfte nicht tot und durfte auch nicht vergessen sein. Sie mußte leben, und dies nicht nur in Büchern der Geschichte oder der Mythologien. Da mußte sie aus der Vergangenheit hervorgeholt werden, denn das hatte sie verdient.

Es würde bald einen neuen Anat-Kult geben, und sie war die Anführerin, die Wiedergeborene.

Lange genug hatte sie darauf hingearbeitet. Sie hatte Überzeugungsarbeit leisten müssen und dabei genügend Frauen gefunden, die ebenso wie sie das Joch des Patriats leid waren. Sie wollten sich nicht mehr unterdrücken lassen. Für sie war es wichtiger, nach neuen Wegen zu suchen, und die eröffnete Satanica ihnen.

Sie ging sogar noch einen Schritt weiter. Sie wollte die Kräfte der Hölle mit denen der Vergangenheit zusammenschließen, um so einen großen Bogen der Macht zu schlagen.

Ihre Fürbitten waren erhört worden, denn vier mächtige Reiter standen auf ihrer Seite. In einem von ihnen hatte sie das Tier Baal gespürt, und ihr war durch Baal der entsprechende Schutz versprochen worden. Keine Furcht mehr zu haben. Über die Menschen und deren Waffen einfach nur lachen können. Dafür dem Geliebten Opfer bringen, der ihr schon so nahe gewesen war.

Sie akzeptierte auch die drei anderen Reiter. Wichtig allein war nur Baal. Er würde ihr den entsprechenden Weg zeigen, das hatte er ihr versprochen.

Entspannt lehnte sie sich zurück. Sie wollte auch nicht mehr daran denken, daß ihr Bruder nicht allein gekommen war. Es war vielleicht ein Fehler gewesen, den anderen Mann laufen zulassen, denn sein Kopf hätte in ihre Sammlung hineingepaßt, aber das war jetzt egal. Sie fühlte sich so sicher, und niemand konnte ihr etwas anhaben. Alles andere schob sie weit von sich.

Der Kopf ihres Bruders würde in gute Hände gelangen und bei Festen als Trophäe ausgestellt werden.

Ruhe, Konzentration vor dem großen nächtlichen Ereignis. Der Friedhof würde ihnen gehören. Er würde zu einer Bühne werden, auf der sie dann als Anat ihren Geliebten empfangen konnte.

Satanica zitterte bei diesem Gedanken. Sie schaffte es nicht mehr, ihn aus ihrem Kopf zu verbannen. Sie konnte nicht loslassen. Er war einfach da. Er war zu dominant, und er war von einer bisher für sie nie erlebten Wichtigkeit.

Die Nacht der Nächte, das Fest der Feste ...

Dennoch war sie nicht zufrieden. Etwas störte sie. Es war wie eine innere Stimme, eine Warnung, ein Omen, obgleich sie sich darunter nichts vorstellen konnte.

Etwas Fremdes hatte es geschafft und sich in ihren Bereich eingeschlichen. Ein Gegner, ein Feind. Nicht ihr Bruder, danach war er erschienen. Und er hatte es tatsächlich geschafft, den Friedhof zu entweihen. Er war nicht mehr so wie sonst, es hatte eine Veränderung stattgefunden, von der Satanica nicht wußte, was sie bedeutete. Freuen konnte sie sich darüber nicht.

Wer oder was war dieser Schatten?

Die Frau fand darauf keine Antwort. Selbst ihre Beschützer hatten es nicht herausfinden können. Satanica hatte die Nähe der Horror-Reiter gespürt, doch sie war nicht zufrieden. Das Gefühl der Beklemmung war einfach nicht gewichen.

Sie dachte an ihr Fest. Keine Störung. Es mußte so ablaufen, damit es Anat gefiel und sie endlich von ihrer neuen Gestalt Besitz ergreifen konnte.

Am liebsten wäre Satanica selbst auf den Friedhof gegangen, um nachzuschauen. Das konnte sie nicht riskieren. Sie brauchte die Zeit der Besinnung. Erst wenn sie voller Kraft steckte, würde sie ihren Weg abermals gehen.

Noch war Zeit ...

Vor ihr lag der schweigende Wald. Kaum ein Laut erreichte ihr Versteck. Die Bäume standen in unerschütterlicher Ruhe. Ab und zu zitterten einige Blätter an den Zweigen oder wippten die Arme der Nadelholzgewächse. Ansonsten war es still, und Satanica hatte den Wunsch, eins mit der Natur zu werden.

Zeit verstrich.

Sie wartete.

Hin und wieder legte sie den Kopf zurück und schaute durch die Ritzen der Balken zum Himmel.

Er war grau wie ein schmutziger Teppich. Keine Sonne, keine warmen Strahlen.

Gut so, sehr gut.

Bald würde er eindunkeln. Dann kam ihre Zeit, und sie würde der Welt zeigen, daß die Vergangenheit nicht vergessen war ...

Wir waren zwar durch unsere Arbeit ziemlich abgebrüht, aber auch für uns gibt es Grenzen. Eine solche Grenze sahen wir jetzt vor uns.

Es war der Kopf.

Ein vom Körper abgetrennter Kopf, und ich fragte mich, wie diese graue Person es geschafft hatte.

Für uns war sie im Moment zweitrangig geworden. Suko und ich starrten den Kopf an, der aus der Tasche herausgerollt war. Er lag mit dem Gesicht nach oben, der Blick seiner Augen immer noch so glotzend und starr. Zum Himmel gerichtet, in die Unendlichkeit, als könnte er ins Jenseits hineinblicken.

»Mein Gott«, flüsterte Suko nur, bevor er den Blick abwandte und mich ansah.

Er sah mein starres Gesicht, denn ich fühlte mich inner- und äußerlich wie eingefroren. Wer immer so etwas tat, der mußte unter einem irrsinnigen Druck stehen, und das wiederum wollte nicht in mein Gehirn. Eine Frau, eine Person, die so alt und schwach aussah, aber sie hatte es geschafft, Suko und mich zu täuschen.

Ein seufzendes Geräusch ließ uns beide aufmerksam werden. Sofort schauten wir auf die Graue.

Nein, sie hatte nicht geseufzt, sie hatte nur gestöhnt, und sie stöhnte noch immer, wobei sie jetzt ihr wahres Gesicht zeigte. Die Waffe war weder Suko noch mir zuvor aufgefallen, weil sie an ihrem Rücken verborgen gewesen war. Den Arm hatte sie schon um den Körper geschlungen. Sie zog die Waffe, an der noch Blut klebte, mit einer geschmeidigen Bewegung hervor.

Zuerst dachte ich an ein Schwert. Das war ein Irrtum. Kein Schwert, sondern eine Machete.

Das graue Gesicht schien plötzlich auseinanderplatzen zu wollen, so stark hatte es sich verzerrt. Gleichzeitig startete sie wie eine rächende Furie und rannte auf uns zu. Die Machete ließ sie über ihrem Kopf kreisen.

Für uns war sie schnell genug – und gefährlich.

Wir warfen uns in verschiedene Richtungen zur Seite. Wir hörten das Pfeifen der Klinge, wie sie die Luft durchschnitt, und sahen vor uns nur einen wirbelnden Körper, der sich zugleich in einen tanzenden Schatten verwandelt hatte.

Die Graue bewegte sich so rasch, daß wir nicht dazu kamen, eine Gegenwehr aufzubauen. Wir hörten sie über den Boden trampeln, und ich sah dann, wie die verdammte Machetenklinge auf Suko zufegte. Die Waffe sollte ihn in Höhe der Hüfte in zwei Teile spalten, aber mein Freund zeigte, daß er blitzschnell reagieren konnte.

Er sprang hoch wie auf einem Trampolin. Dabei zog er noch die Beine an, und der Stahl wischte unter ihm hinweg. Noch in derselben Sekunde erlebte ich die Hohe Schule der Karatekunst, denn Suko schleuderte, als er sich in der Luft befand, sein rechtes Bein nach vorn. Es war ein Tritt der Superlative, und er erwischte die Frau voll.

Ihr Schrei verwandelte sich in ein Gurgeln. Sie schaffte es auch nicht mehr, auf den Beinen zu bleiben. Wie ein Spielzeug, dessen Motor stotterte, stolperte sie durch die Gegend. Sie war sicherlich schon ausgeschaltet, bevor sie noch fiel, dann aber gaben ihre Beine nach, und sie landete auf dem Boden.

Die Machete rutschte ihr genau in dem Moment aus der Hand. Ich hatte das Unglück kommen sehen, war aber nicht schnell genug, so daß die Waffe mit der scharfen Seite zuerst auf ihrem Körper landete.

Sie schnitt nicht durch, sie tötete auch nicht, aber sie drang durch die Kleidung in die Haut ein, und erst dann konnte ich die Waffe an mich nehmen.

Blut sickerte von unten her in die Kleidung. Die Frau selbst war bewußtlos geworden und so verletzt, daß sie unbedingt in ärztliche Behandlung mußte. Das wußten Suko und ich. Es gab keine großen Diskussionen zwischen uns. Wir hoben die bewußtlose Person vorsichtig an. Es war nicht weit bis zum Rover, auf dessen Rücksitz wir die Verletzte niederlegten.

»Ich muß noch mal hin«, sagte Suko.

»Okay.«

Ich wartete im Auto auf ihn. Es war klar, was Suko holen wollte. Den Kopf des Streetworkers. Der Gedanke daran hinterließ bei mir einen Schauer. Fest preßte ich die Lippen zusammen, während ich überlegte, wie die Frau dazu kam, einer Leiche den Kopf abzuschneiden.

Normal war das nicht. Aber dieser Fall lief auch anders. Hier spielte die Vergangenheit in die Gegenwart hinein. Ich brauchte mich nur an eine Zeile aus dem Kampfepos zu erinnern, um zu wissen, wie die Dinge laufen sollten.

Anat hatte schon in der Vergangenheit die Köpfe ihrer Feinde gesammelt. Das würde sie auch in der Gegenwart weiterführen – als Satanica, obwohl sie selbst nicht daran beteiligt war.

Für uns kam es jetzt darauf an, daß die namenlose Frau so rasch wie möglich behandelt wurde. Hoffentlich war ihre Verletzung nicht zu schwer. Sie sollte endlich reden, denn noch wußten wir zuwenig. Bis zum Einbruch der Dunkelheit war ja noch Zeit genug.

Suko näherte sich dem Fahrzeug mit schnellen Schritten. Er trug die Tasche aus Stoff an der rechten Hand, und ich sah deutlich die Ausbuchtung an der rechten Seite.

»Immer möchte ich das auch nicht machen«, sagte er, als er die Hintertür öffnete. Er legte die Tasche vorsichtig zwischen den Sitzen ab. »Wir werden den Kopf auch im Krankenhaus lassen.«

»Einverstanden. Wie sieht es mit der Frau aus?«

»Moment, ich schaue nach.«

Suko beugte sich so tief, daß er aus meinem Blickfeld verschwand. Als er sich wieder aufrichtete, sagte er: »Sie lebt. Die Wunde ist nicht zu tief, aber sie blutet leider noch.«

»Dann steig ein, wir haben nicht mehr viel Zeit zu verlieren.«

Sekunden später hatte Suko seinen Platz auf der Beifahrerseite eingenommen, und ich startete.

Ich wollte nicht zu schnell fahren, obwohl alles zur Eile drängte. Aber die Wege waren nicht glatt. Unser Wagen wurde durchgeschüttelt, was für die Verletzte auf keinen Fall gut war.

Noch war sie bewußtlos. Sie würde keine Schmerzen haben. Noch nicht.

Suko griff zum Handy. Er rief Sir James an, der sehr gespannt zuhörte. Dann wandte sich der Inspektor an mich. »Sir James fragt, in welches Krankenhaus wir die Frau und den Kopf bringen?«

Ich hob die Schultern. »Ins nächste. Ich kenne den Namen nicht.«

Suko gab die Antwort weiter. Unser Chef war schlauer. »St. Vincenc.« Seine Stimme klang so laut, daß ich ihn sogar verstand.

»Gut.«

Suko sprach noch einige Sätze und klärte mich auf, als die Verbindung unterbrochen war.

»Sir James wird dort anrufen und uns avisieren. Auch den Kopf«, fügte er mit kratziger Stimme hinzu. »Ich hoffe nur, daß diese Frau so bald wie möglich wieder reden kann. Wenn nicht . . .«

Er schwieg, denn er hatte, ebenso wie ich, das Stöhnen aus dem Rückraum vernommen.

Noch waren wir nicht da. Es gab nichts, womit wir ihre Schmerzen lindern konnten.

Aber wir hatten die relativ einsame Gegend schon verlassen und konnten auf einen dichter besiedelten Vorort Londons schauen.

»Die Nacht wird wichtig werden, John«, sagte mein Freund. »Nur die verdammte Nacht.«

Ich nickte. Eine andere Art der Antwort konnte ich mir ersparen . . .

Es war gut, daß sich Sir James schon mit dem Krankenhaus in Verbindung gesetzt hatte, so konnten wir den Fragen entgehen und wurden sofort eingewiesen.

Einen verletzten Menschen zu behandeln, war für das Personal okay, aber einen Kopf angeliefert zu bekommen, stellte schon eine außergewöhnliche Belastung dar.

Ich hatte mich darum gekümmert, und er war in die

Pathologie gebracht worden, wo ich mit einem Dr. Morton sprach. Er hatte ihn kurz untersucht, ihn ins Kühlfach gelegt und war anschließend in sein Büro gekommen, wo ich auf ihn wartete. Kopfschüttelnd stand er vor mir.

»Wie kommen Sie nur an eine derartige Gabe?« fragte er mit leiser Stimme und strich über sein dunkelblondes Haar. Im Gegensatz dazu sahen die Augen fast schwarz aus.

»Das ist eine lange Geschichte, Doc, die ihr Ende noch nicht gefunden hat.«

»Das heißt, Sie wollen darüber nicht sprechen?«

»Wäre mir am liebsten.« Ich räusperte mich. »Haben Sie den Kopf denn untersucht?«

Er nickte. »Das habe ich, wenn auch nur flüchtig. Ich kann ihnen sagen, daß er mit einem glatten Schnitt vom Körper getrennt wurde. Der Täter hat nur einmal zugeschlagen.«

»Mit einer Machete«, erklärte ich.

Dr. Morton war zunächst einmal still. Diese Antwort mußte er erst verdauen. Schließlich fragte er: »Wer macht denn so etwas?«

»Eine Frau, Doc.«

»Was? Etwa die Person, die Sie bei uns eingeliefert haben, Mr. Sinclair?«

»So ist es. Und ich hoffe, daß Ihre Kollegen sie schnell und gut so behandeln, um mit ihr reden zu können. Ich brauche ihre Aussage, Dr. Morton. Sie ist sehr wichtig und kann Menschenleben retten.«

»Glaube ich Ihnen, Mr. Sinclair. Nur müssen wir abwarten. Ich habe mir die Wunde angesehen. Da Sie die Machete erwähnt haben, weiß ich jetzt, woher die Verletzung stammt. Nicht tief, ein waagerechter Schnitt. Nur äußerst schmerzhaft. Außerdem hat die Patientin Blut verloren. Das werden Sie auch auf den

Polstern Ihres Wagens sehen.« Er hob die Schultern. »Tun kann ich für Sie nichts.«

»Sie wissen trotzdem gut Bescheid.«

»Man hat mich aus der oberen Etage informiert. Ich mußte mich ja um den Kopf kümmern.«

»Den wir irgendwann abholen lassen werden.«

»Das hoffe ich.« Er reichte mir die Hand, die sich kalt anfühlte, als wäre die Temperatur einer Leiche auf sie übergegangen. »Ich muß mich jetzt verabschieden, Mr. Sinclair. Meine Toten warten. Die Frau wurde in der Notaufnahme noch behandelt. Ich glaube nicht, daß man sie nach oben in den OP geschafft hat.«

»Danke, Dr. Morton.«

Wir trennten uns. Mit dem Lift fuhr ich hoch ins Erdgeschoß. Ich gelangte schnell in den Bereich der Notaufnahme, wo ich Suko fand, der auf einer Wartebank saß und entspannte. Als er mich sah, nahm er die vor der Brust verschränkten Arme nach unten und schaute mich an. »Es gibt noch nichts Neues, John.«

»Das dachte ich mir.« Ich setzte mich neben ihn. »Behandeln sie die Frau noch?«

»Ja.«

»Und den Namen wissen wir noch immer nicht?«

»Richtig.«

Ich knetete mein Kinn. »Sie wird nicht die einzige sein, die zum Kreis der Satanica gehört. Ich bin wirklich gespannt darauf, wen wir noch alles dazuzählen können. Ich denke da nicht an Namen, sondern an Zahlen.«

»Jede Menge, schätze ich. Der Friedhof ist erstens groß genug, und ich denke auch, daß die Thesen, die eine Person wie Satanica vertritt, ankommen. Mir geht diese Ballade aus dem Grab nicht aus dem Kopf. In diesen Zeilen hockt der Schrecken. Die sagen eigentlich alles aus. Da kann man schon Furcht bekommen.

Außerdem wird es gerade in der heutigen Zeit zahlreiche Personen geben, die darauf abfahren, meine ich.«

»Kein Einspruch.«

Suko warf einen Blick auf die Uhr. »Ich bin beileibe kein Fachmann. Meinem Gefühl nach glaube ich, daß wir allmählich Bescheid bekommen könnten. Es war schließlich keine schwierige Operation.«

»Das will ich nicht beurteilen. Noch ist Zeit. Es wird auf dem Friedhof erst bei Dunkelheit losgehen. Was dort ablaufen soll, muß uns die Unbekannte sagen.«

»Ja, die Graue.«

Unsere Warterei war beendet. Eine Ärztin verließ den Behandlungsraum, blieb im Gang stehen und atmete tief durch. Dann sah sie uns. Suko kannte sie, nickte ihm zu, und mein Freund erhob sich. Ich ging hinter ihm her. Er sprach mit der Ärztin. Wir erfuhren, daß die Wunde zwar schlimm, aber nicht so schlimm gewesen war. Sie hatte eben genäht werden müssen. Einige Tage würde die Frau noch im Krankenhaus bleiben müssen.

»Können wir denn mit ihr reden?« erkundigte ich mich.

»Ja und nein. Sie ist zwar wach, wir haben sie nur leicht betäubt, aber ich weiß nicht, wie aufnahmefähig sie ist. Sie sollten ihr auch Ruhe gönnen.«

Mein Blick bohrte sich in die hellen Augen der Ärztin. »Diese schwache Person hat wahrscheinlich einem anderen Menschen mit einer Machete den Kopf abgeschlagen. Sie ist eine Mörderin. Da können wir keine Rücksicht auf ihre leichte Verletzung nehmen.«

»Wenn Sie das so sehen«, die Frau Doktor hob die Schultern, »okay, da will ich nicht widersprechen. Kommen Sie, ich bringe Sie zu ihr. Die Personalien kennen Sie nicht zufällig?«

»Leider nicht.«

»Das ist schlecht. Wir brauchen sie für unsere Unterlagen.«

Uns interessierte der Verwaltungskram des Krankenhauses nicht, die Aussagen waren wichtiger. Wir gingen hinter der Ärztin her, die eine breite Tür öffnete. Dahinter lag ein kurzer Gang, von dem andere Türen abgingen. Auch Ärztekittel hingen an den Wänden. Sie waren für Besucher gedacht, die in Richtung Intensivstation gingen. Wir brauchten keinen überzustreifen.

Die zweite Tür an der linken Seite wurde uns geöffnet. Dahinter breitete sich ein ziemlich großer Raum aus, in dem mehrere Krankenbetten standen. Fahrbare Wände zwischen ihnen bildeten einen Sichtschutz.

Die Frau vom Friedhof lag im ersten Bett an der linken Seite. Wir hatten sie die Graue genannt, und das traf auch jetzt noch zu. Zumindest für die Haare und auch ihr Gesicht, als hätte sie es mit Puder bestäubt. Bevor wir an sie herantreten konnten, schaute die Ärztin noch nach ihr. Sie maß ihren Puls, schaute auf den Tropf, an dem die Frau hing, und lächelte ihr knapp zu, als sie von der Kranken angestarrt wurde. Dann wandte sie sich uns zu. »Okay, Sie können jetzt mit der Patientin sprechen. Aber nicht zu lange, wenn ich bitten darf. Denken Sie trotz allem daran, daß Sie keinen gesunden Menschen vor sich haben.«

»Machen wir, Frau Doktor.«

Wir bauten uns neben dem Bett auf und sahen das falsche Lächeln auf dem Gesicht der Frau. Uns fiel auf, daß die Haare gefärbt waren. Ursprünglich mußten sie einmal dunkel gewesen sein, diese Farbe kam an den Wurzeln durch.

»Sie erkennen uns wieder?« fragte ich.

»Ja.«

»Dann wissen Sie auch, weshalb wir gekommen sind.«

»Nein.«

»Haben Sie auch einen Namen?« Ich hatte mich von ihrer abwehrenden Haltung nicht beirren lassen.

»Er interessiert nicht.«

»Ihr Vorname reicht uns.«

»Auch nicht.«

»Was haben Sie zu verbergen?« wollte Suko wissen. »Glauben Sie noch immer an Satanica?«

»Ja.«

»Wer ist sie?«

»Die Macht. Die große, alte Macht, die alles zerstört. Sie lebt für die Göttin, sie lebt für die Hölle, und sie wird zwischen den beiden eine Verbindung schaffen, damit sich ihre Macht noch stärker festigt. So und nicht anders muß es gesehen werden. Es gibt keinen, der uns stoppen kann.«

Da hakte ich ein und fragte: »Uns?«

»Sicher.«

»Wie viele sind Sie denn?«

»Eine große Gruppe, Mister. Ich habe Pech gehabt, daß ich erwischt wurde. Anderen geht es besser. Vielen anderen, und sie werden beim Fest der Göttin dabei sein.«

»Heute abend und in der Nacht, nicht wahr?«

»Ja, auf dem Friedhof.«

»Sehr schön.«

Sie kicherte plötzlich, verzog aber das Gesicht, denn mit dem Kichern waren die Schmerzen verbunden. »Die neue Ordnung wird in der folgenden Nacht gefestigt. Wenn sich Satanica und Baal vereinigen, wird der Jubel unbeschreiblich sein. Niemand kann die Kriegsgöttin stoppen. Was vor langer Zeit schon geschah, wird auch heute Bestand haben, das schwöre ich euch. Wir können nicht verlieren, wir können nur gewinnen. Nur gewinnen.«

Das wollte ich zunächst einmal dahingestellt sein lassen. Statt dessen fragte ich: »Wer ist Satanica? Ist sie Anat? Ist sie die Göttin, die vor so langer Zeit einmal gelebt hat?«

»Ja, so fühlte sie sich.«

»Wer hat sie stark gemacht?«

»Der alte Geist. Die Schriften und das Geheimnis der Hölle. Es gab damals viele, die Anat verehrten, und das soll heute wieder so werden.«

»Damals. Das war eine Zeit, in der noch König Salomo regierte und auch Bescheid wußte.«

Das Thema hatte ich bewußt angeschnitten. Die Verletzte lag plötzlich starr. Sie hatte genau gemerkt, in welche Richtung sich unser Gespräch entwickelte. Auf ihrer Stirn entdeckte ich Schweißperlen. Sie sahen aus wie kleine, graue Kugeln.

»Ich warte auf die Antwort.«

»Es war die Zeit«, gab sie zu.

»Sehr gut.«

»Was soll die Frage?«

»Ich will einfach nur wissen, wie Salomo zu ihr gestanden hat. Er war sehr aufgeschlossen. Er hat die Göttinnen akzeptiert. Er hat die Macht der männlichen Götter zwar nicht gebrochen, aber er hat die weiblichen nicht ausgegrenzt. In seinem Tempel hatten auch andere und neue Altäre ihren Platz. Ich denke da nur an Astarte.«

»Nein.«

»Doch, er hat . . .«

»Sie ist nicht Anat!« keuchte die Graue. »Sie ist nicht Anat, auch wenn viele das behaupten. Anat ist anders. Astarte ist Anat. Es ist alles verschieden, aber letztendlich doch eins. Der Baal- und der Astarte-Kult hat damals bestanden. Das wußte auch Salomo. Er hat es akzeptiert, und er akzeptierte auch Anat. Er hat allen Völkern recht getan. Ob den Sidoniern, die Salomo mit Astarte in Verbindung brachte und sie als Göttin von Sidon bezeichnete, weil sie sehr schön war. Anders Anat. Sie blendete nicht mit ihrer Schönheit. Sie war einfach nur das wilde, nicht zu bezähmende Weib, daß an die Macht wollte. Durch Gewalt, Tod und Krieg und durch ihr Verhältnis zu Baal, mit dem sie eine enge Verbindung einging, enger als Astarte es je getan hat, denn auch von ihr und Baal gibt es Überlieferungen.«

Ja, das wußten wir.

Ich hatte sehr genau zugehört, war mit meinen Gedanken jetzt nicht mehr bei der Sache. Mir ging etwas durch den Kopf, über das ich nachdenken mußte. Deshalb überließ ich Suko das Feld und trat selbst zurück.

Er wechselte das Thema, weil er noch auf den heutigen Abend näher eingehen wollte.

Ich machte mir meine eigenen Gedanken, die sich vor allen Dingen mit bestimmten Ereignissen beschäftigen aus alttestamentarischer Vergangenheit. Es waren Namen gefallen: Anat. Astarte, Baal und auch Salomo.

Gerade bei ihm hakte es bei mir ein. Ich kannte ihn. Ich hatte mich auf einer Zeitreise mit ihm getroffen, und ich dachte daran, daß sich etwas sehr Wichtiges jetzt in meinem Besitz befand.

Es war das Schwert des Salomo. Ich war sein Träger. Ein Erbe, eine Hinterlassenschaft, die ich nach diesem Abenteuer nicht wieder angerührt hatte. Möglicherweise auch deshalb, weil meine Eltern dabei gestorben waren und es mir nicht gelungen war, sie zu retten. Daran knackte ich noch heute. Darüber würde ich wohl nie richtig hinwegkommen, denn die Gedanken kehrten immer wieder zurück.

Auch jetzt bereitete es mir Mühe, sie zu vertreiben, weil ich mich eben auf das Schwert konzentrieren mußte.

Es war ein Relikt aus der Vergangenheit. Zwar entstammte Satanica der Gegenwart, doch sie war mit der Vergangenheit fest verwurzelt. Sie kannte sich aus, und sie würde auch über das Wirken und Treiben eines König Salomo informiert sein. Deshalb war ich gespannt, wie sie reagieren würde, wenn ich ihr plötzlich mit seinem Schwert gegenübertrat. Ich glaubte nicht daran, daß sie dessen Echtheit anzweifelte. Sie würde es spüren, was ich in der Hand hielt, und ich würde es auch gegen sie einsetzen, wenn es sein mußte.

Das häßlich klingende Kichern der Verletzten riß mich aus meinen Gedanken. Die Frau amüsierte sich, als hätte ihr Suko einen Witz erzählt. Das allerdings glaubte ich nicht.

Mein Freund hatte sich abgewandt und hob die Schultern. »Ich denke, es ist alles gesagt worden. Ich habe in der letzten Minute nur Beschimpfungen über mich ergehen lassen müssen. So etwas brauche ich mir nicht anzuhören.«

»Gut, dann gehen wir.«

Die Graue hatte meine Worte gehört, und sie richtete sich mühsam auf. Ihr Gesicht war zur Fratze verzogen, als sie verkündete: »Ihr werdet sterben. Ihr werdet zu Opfern der Satanica oder zur Beute der Göttin Anat.« Sie meinte uns.

»Trotz allem wünsche ich Ihnen gute Besserung«, sagte ich. Für uns war hier Schluß. Wir wollten die Tür öffnen, als die Ärztin erschien.

»Ah, da sind Sie ja«, sagte sie. »Sehr gut. Ich wollte

Sie gerade bitten, die Patientin wieder allein zu lassen.«

»Das ist bereits geschehen.«

Im Gang schaute sie uns prüfend an. »Nun, haben Sie etwas erfahren und Erfolg gehabt?«

»Wir sind zufrieden«, antwortete Suko.

»Wie schön für Sie. Ich frage mich nur, was wir mit der Frau anstellen sollen, wenn sie wieder genesen ist ...«

»Das übernimmt dann Scotland Yard«, erklärte Suko. »Sie wird vom Krankenhaus in eine Zelle überwechseln.«

»Das ist dann nicht mehr mein Problem.«

»Eben.«

Wir verabschiedeten uns von Frau Doktor. Nachdenklich verließen wir das Krankenhaus. Inzwischen war der Tag fast vergangen. Der Abend brach herein, aber noch war es hell. Ich blieb für einen Moment neben dem Rover stehen und erklärte Suko mein Vorhaben.

»Du willst das Schwert des Salomo also mitnehmen?«

»Ja, ich finde es wichtig.«

»Als Mordwaffe?«

Ich schüttelte den Kopf. »So möchte ich es nicht ausdrücken, Suko. Ich will Satanica/Anat damit überraschen, das ist alles. Sie soll erkennen, daß es außer ihr auch andere gibt, die sich mit der Vergangenheit beschäftigen. Und ich möchte mich auch an ihrer Überraschung weiden.«

»Nichts dagegen, John. Allerdings wundert es mich schon, daß du nur von ihr sprichst.«

»Wieso?«

»Denkst du nicht an die Horror-Reiter?«

Ich lachte bitter auf. »Klar, an sie habe ich auch

gedacht. Sie sind so etwas wie die Leibwächter unserer Freundin. Sei's drum, wir werden uns stellen.« Nach diesen Worten schloß ich die Wagentür auf. Beide stiegen wir ein.

Vielleicht bildete ich es mir auch ein, aber es konnte sein, daß es im Rover nach dem Blut der Verletzten roch.

»Zu uns, John?«

»Ja, um das Schwert zu holen.«

Er nickte nur, schwieg ansonsten, und dieses Schweigen setzte sich noch fort.

Irgendwann wurde es mir zuviel. Ich fragte Suko: »Was ist los? Bist du stumm geworden?«

»Das nicht, John.«

»Aber . . .?«

»Ich denke nur an die bevorstehende Nacht. Die kann gefährlich genug werden. Auch für uns.«

Als Antwort erhielt er nur ein Nicken, denn ich stimmte ihm in allen Punkten zu . . .

Satanica hatte ihr Versteck verlassen, war durch den Wald gegangen und stand nun am Rand des Friedhofs, um über ihn ihre Blicke schweifen zu lassen.

Sie spürte, daß ihre Zeit kam. Das Gelände hatte sich äußerlich nicht verändert. Trotzdem war es anders geworden und ausschließlich für sie spürbar. Die alten Gräber und Gewächse traten noch schärfer und konturierter hervor. Der Friedhof wirkte wie eine Bühne, deren Aufbauten lange Zeit im Keller darunter versteckt waren und erst später wieder hochkamen. So unwirklich, so anders, insgesamt grau, wie ein Relikt aus der Vergangenheit oder eben wie ein Bühnenbild, das einfach in die Welt gestellt worden war.

Der Wind war fast eingeschlafen. Nur als schwache

Brise war er hin und wieder zu spüren. Dann strich er über die Gräser hinweg und kämmte ihre Spitzen. Sie zitterten dabei wie Spinnweben.

Noch herrschte Ruhe auf dem Friedhof, und das würde auch noch eine Weile so bleiben. Der Zeitpunkt war noch nicht da, aber die anderen wußten Bescheid. Sie hatten sich lange genug auf den Abend und die folgende Nacht vorbereiten können.

Satanica schlug den Weg zu ihrem ›Grab‹ ein. Sie ließ sich dabei Zeit und schaute sich um, als wollte sie Abschied nehmen von ihrer stillen Totenwelt. Sie streichelte hin und wieder einen Grabstein oder schob sperrige Buschzweige zur Seite, die ihr den Weg versperren wollten.

Die Gräber waren ihre Freunde. Zeichen des Todes, der Vergänglichkeit. Mahnmale an die Lebenden, die irgendwann ebenfalls unter der Erde liegen und vermodern würden.

Man hatte den Friedhof vergessen. Vielleicht würde man ihn eines Tages wieder entdecken und ihn dann als Kulturgut einstufen. Das aber konnte lange dauern. Bis es soweit war, würde sie ihr Zeichen gesetzt haben.

Satanica erreichte ›ihr‹ Grab. Den Ort, den sie sich für ihre Beschwörungen ausgesucht hatte. Sie war nicht allein, denn auf dem Boden lag der kopflose Körper ihres Bruders.

Mit starren Augen blickte sie auf den Torso hinab. Sie empfand kein Mitleid, denn sie hatte sich nicht grundlos von ihm getrennt. Er war seinen Weg gegangen, sie ihren. Einige Male hatte sie ihn darauf angesprochen, aber keine Reaktion erhalten. Das lag schon länger zurück, bevor sie sich für die Vergangenheit interessiert hatte.

Perry und sie waren eben zu unterschiedlich gewesen. Der Kontakt zwischen ihnen war abgebrochen und konnte auch nicht durch die Eltern gehalten werden, denn beide lebten nicht mehr. Allerdings waren sie auf einem anderen Friedhof begraben worden.

Er hatte sie dann gefunden. Schicksal? Zufall? Darüber wollte sie jetzt nicht mehr nachdenken, denn ihr Bruder lag kopflos zu ihren Füßen.

Satanica lächelte. Sie konnte sich auf ihre Freundinnen und Dienerinnen verlassen.

Köpfe für die Göttin. Anat hatte damals die Köpfe ihrer Feinde gesammelt und sie wie Trophäen aufbewahrt. Diesen Weg wollte Satanica auch gehen, und der Anfang war mit dem Kopf ihres Bruders gemacht worden.

Hier gab es ihn nicht mehr. Ihre Mitstreiterin hatte ihn an einen besonderen Platz geschafft, wo auch die anderen Köpfe ihrer Feinde aufgestellt werden sollten.

In der alten Leichenhalle. Sie sollte zu einem Kopf- oder Schädelhaus zu Ehren der Göttin werden.

Satanica hätte eigentlich zufrieden sein können. Daß sie es nicht wahr, ärgerte sie selbst, aber sie konnte nichts dagegen unternehmen. Ihr Inneres war aufgewühlt, sie kam selbst damit nicht zurecht, und sie dachte an die Gefahr, die möglicherweise auf sie zukam.

Gefahr?

Zum erstenmal seit langer Zeit dachte sie über dieses Wort näher nach. Wer sollte und konnte ihr denn gefährlich werden? Ihr Bruder war gekommen und hatte es nicht geschafft. Andere vielleicht? Da war noch jemand bei ihm gewesen, aber dieser Typ war schnell verschwunden. Sie kannte ihn nicht, aber sie hatte ihn schon des öfteren auf dem Friedhof gesehen und ihn auch akzeptiert, weil er ihr nicht gefährlich werden konnte. Ein kleiner Dealer, der ein Versteck für seinen Stoff gesucht und auch gefunden hatte.

Wenn sie tatsächlich eine Gefahr erwartete, dann mußte sie einfach von einer anderen Seite kommen. Von einer, mit der sie bisher noch nicht in Kontakt getreten war.

Sie schaute in das offene Grab und fragte sich, wer die Platte zur Seite geschoben und die Leiche hervorgeholt hatte.

Ihre Freundin Kate? – Das war die einzige Möglichkeit. Das sagte sich Satanica auch immer wieder, aber es gelang ihr einfach nicht, daran zu glauben. Kate, die Graue, war es nicht gewesen. Dieses Grab hatte einen für sie unerfreulichen Besuch bekommen. Es war auch möglich, daß Kate darüber Bescheid wußte. Ihr vertraute Satanica voll, und sie wollte endlich mit ihr reden.

Deshalb blieb sie nicht am Grab zurück, sondern schlug den Weg zur Leichenhalle ein. Sie ging jetzt schneller als vorhin, als wäre jemand hinter ihr her. Noch konnte sie es sich leisten. Noch waren die anderen nicht da, und auch die Lichter brannten nicht. Der Abend stand dicht bevor. Das helle Tageslicht war verschwunden, so hatte sich ein grauer Schleier über den Friedhof legen können.

Satanica erreichte die alte Leichenhalle und blieb an deren Eingang stehen. Bevor sie den Bau betrat, zwang sie eine innere Stimme oder ein Gefühl, den Kopf noch einmal zu drehen und sich die Umgebung anzuschauen.

Nicht weit von ihr entfernt war das Gras zertrampelt worden und hatte sich auch noch nicht wieder aufgerichtet. Ein Beweis dafür, daß sich hier vor kurzem noch Menschen aufgehalten hatten.

Satanica begann damit, die Spuren genauer zu

untersuchen. Sehr schnell fielen ihr die dunklen Spritzer und Flecken auf, die an den Halmen klebten.

Schon leicht eingetrocknet, aber noch feucht. Das stellte sie fest, als sie die Tropfen zwischen ihren Fingerkuppen zerrieb. Ein leichter Kloß setzte sich in ihrer Kehle fest. Plötzlich kam ihr die Stille suspekt vor. Wenn Kate hier gewesen wäre, dann hätte sie etwas hören müssen. Und Kate hätte sich ihr auch gezeigt, aber sie war nicht da, und Satanica glaubte nicht daran, daß sie sich irgendwo versteckt hielt. Das Gefühl hatte sie nicht getrogen. Einiges würde nicht so laufen, wie sie es sich vorgestellt hatte, obwohl sie äußerlich keine Gefahr entdeckte.

Das zertrampelte Gras, das Blut. Die Spuren wiesen darauf hin, daß es hier einen Kampf gegeben hatte. Wer hatte gegen wen gekämpft?

Kate war für sie die eine Partei, denn sie hätte längst erscheinen müssen.

Und die zweite?

Die Probleme wurden nicht kleiner. Die blonde Frau in dem langen Kleid drehte sich auf der Stelle und richtete ihr Augenmerk auf den Eingang der Leichenhalle.

Dort tat sich nichts. Keine Bewegung – Stille.

Satanica schluckte. Sie strich über ihre Stirn. Die Lippen lagen aufeinander, und sie atmete flach durch die Nase. Etwas Kaltes strich ihren Rücken entlang, als hätte sie dort jemand mit einem gekühlten Tuch berührt. Das Messer hatte sie am Grab gelassen. Jetzt wünschte sie, die Waffe bei sich zu haben.

Vor dem Eingang blieb die Frau stehen. Sie runzelte die Stirn, weil sie noch nachdenklicher geworden war. Alles war ihr so bekannt, aber jetzt schien das Bekannte immer wieder zurückzurücken, damit sich das Fremde nach vorn schieben konnte.

In dieser Umgebung und möglicherweise in der Leichenhalle hatte etwas stattgefunden, mit dem sie nicht zurechtkam. Sie überlegte, ob sie die Feier ausfallen lassen sollte, doch der Gedanke verschwand ebenso schnell, wie er aufgezuckt war, denn als Satanica die Leichenhalle betreten hatte, da sah sie auf den ersten Blick, daß es dort keine Veränderung gegeben hatte. Alles war wie bekannt. Die zerbrochenen Fenster, die Zweige und Äste der Bäume, die sich durch die Lücken in das Innere geschoben hatten, als wollten sie den Besuchern irgendwann einmal zuwinken, wenn der Wind die Blätter bewegte, das alles war normal, und es bestand kein Grund zur Sorge.

Und doch verstärkte sich der Druck in ihrem Magen. Wenn Kate hier war, dann hätte sie sich auch gezeigt, um ihre Herrin zu begrüßen, denn wie alle anderen glaubte auch sie an die Göttin und die damit verbundene Veränderung.

Satanica sah die Frau nicht. Sie durchwanderte die Leichenhalle. Es gab keinen Ort, in den sie nicht geschaut hätte, aber auf dem Boden vermengten sich nur schwaches Licht und grauer Schatten miteinander. Blut sah sie hier nicht auf dem Boden. Das Drama mußte sich eben draußen abgespielt haben.

Auch die Machete war verschwunden. Und der Platz, an dem der Kopf eigentlich hatte stehen sollen, war ebenfalls leer. Früher hatten dort die Särge bei den Trauerfeiern gestanden.

Jetzt war die Stelle leer.

Aber der Kopf war ebenfalls verschwunden. Er lag nicht draußen, er lag nicht in der Leichenhalle, er war ebenso weg wie die Machete der grauen Kate.

An Aufgabe dachte Satanica nicht. Sie fühlte sich trotz ihres schlechten Gefühls stark genug, die Feier durchzuziehen. Sollten auch andere Feinde hier erscheinen, ihre Freundinnen würden sie ins offene Messer rennen lassen.

Satanica strich ihre blonden Haare zurück, bevor sie das Leichenhaus verließ. Die Kälte war verschwunden. Es ging ihr wieder ein wenig besser.

Vor dem alten Bau hatte sich nichts getan. Alles war normal geblieben. Auch auf dem Friedhof selbst bewegte sich nichts Fremdes, was für sie sichtbar gewesen wäre.

Sie näherte sich dem Ziel mit großen Schritten. Die trüben Gedanken mußte sie aus ihrem Kopf vertreiben.

Es kam jetzt darauf an, keine Fehler zu begehen. Genaue Regeln mußten eingehalten werden, und Satanica war davon überzeugt, daß sie es schaffen konnte.

Außerdem gab es da noch ihre Helfer, die vier Horror-Reiter, auf die sie sich verlassen konnte. Sie würden ebenfalls erscheinen und durch ihre Existenz beweisen, wie körperlich das Grauen sein konnte. Und einer von ihnen war besonders wichtig.

»Baal«, flüsterte Satanica vor sich hin und lächelte breit. »Ja, es ist Baal. Es ist derjenige, mit dem ich Kontakt aufgenommen habe. Damals hat es die Göttin getan. Sie hat sich mit dem Stiergötzen vereinigt. Heute ist es anders. Ich kann nicht an den Götzen selbst heran, aber ich weiß, daß es jemanden gibt, der sein Zeichen auf der Brust trägt.«

Der Gedanke, der so fremden Gestalt nahe, sehr nahe zu sein, machte ihr nichts aus. Sie würde sich hingeben, wie es Anat getan hatte und wie es die Schrift in dem Grab überliefert hatte.

Vor dem offenen Viereck blieb sie stehen. Graue Dunkelheit breitete sich zu ihren Füßen aus. Die Platte war noch nicht wieder hochgefahren. Das würde sie ändern, und sie brauchte auch das Blut, um sie zu bestreichen.

Sie schaute zum Himmel, der wieder etwas dunkler geworden war.

Es wurde Zeit.

Bald würden all ihre Freundinnen dafür sorgen, daß der Friedhof einen festlichen Glanz bekam. Satanica wollte dabei nicht hintanstehen. Es störte sie nur der kopflose Leichnam ihres Bruders, aber der war kein Probelm.

Sie packte ihn unter und schleifte ihn so weit weg, daß er Deckung hinter einem anderen Grabstein fand.

So war sie zunächst zufrieden.

Vögel segelten über ihren Kopf hinweg. Sie schaute hoch und stellte fest, daß es nur schwarze Tiere waren.

Satanica lächelte. Es paßte. Es war wie immer. Alles wird in meinem Sinne gut, dachte sie . . .

Wie schon in der Vergangenheit hatten sich die Frauen an einer bestimmten Stelle getroffen und waren dann in den kleinen Bus gestiegen, den eine von ihnen lenkte.

Lange, dunkle Röcke trugen sie unter den Mänteln. Und Oberteile in einer sehr dunklen Farbe, und sie wirkten dabei wie in die Jahre gekommene Grufties, obwohl die Frauen so alt noch nicht waren. Die älteste von ihnen war zweiunddreißig. Sie hieß Edda und fungierte auch als Fahrerin. Hinter ihr verteilten sich die zwölf anderen Frauen auf den Sitzen. Eine stumme Gemeinschaft, die ihren eigenen Gedanken nachhing, denn gesprochen wurde so gut wie nicht.

Sie kannten sich. Jede wußte von der anderen genau Bescheid. Man war konzentriert, man brauchte nicht zu reden. Die Taschen mit den wichtigen Utensilien hatten die Frauen auf ihre Oberschenkel gestellt und die Hände darauf gelegt.

Keine wich von der Haltung ab. Wie Tote saßen sie im Bus. Daß sie lebten, war einzig und allein an der Bewegung ihrer Augen zu erkennen. Sie sprachen kein Wort miteinander. Konzentration ging über alles, denn das Fest der Feste und damit der Kontakt mit der großen Göttin stand dicht bevor. Da durfte keine von ihnen auch nur gedanklich abweichen. Auf diese große Nacht hatten sie alle hingearbeitet.

Nur die Fahrerin Edda mußte sich konzentrieren. Noch hatten sie ein Stück zu fahren, und der abendliche Verkehr war durch die Berufspendler doch relativ dicht.

Edda war eine große Frau. Sehr schlank, beinahe schon hager. Ihr glattes schwarzes Haar reichte bis zum Kinn.

Ihr Gesicht hatte männliche Züge bekommen. Die Nase trat scharf hervor, die Lippen waren dünn, das Kinn eckig. Unter dem Mantel hing die Kleidung schlabberig um ihren Körper. Auch bei den Händen, die das Lenkrad fest umklammerten, traten die Knöchel so scharf hervor, als wollten sie Haut sprengen.

An ihrem Gesicht war nicht abzulesen, was sie dachte. Es glich einer Maske. Sie kümmerte sich auch nicht um die manchmal erstaunten Blicke der anderen Fahrer, wenn sie mit ihren Autos den kleinen Bus überholten.

Es ging nur um die Sache. Nur um die Göttin. Um den Kontakt. Um den Krieg und um die Macht der Frauen.

Immer wenn sie daran und auch an ihre Herrin Satanica dachte, verzogen sich ihre Lippen zu einem

Lächeln. Für sie war das mehr als wunderbar, so gut wie ein halber Sieg, und er würde sehr bald zu einem ganzen werden, wenn das Fest erst einmal begonnen hatte.

Das Fest auf dem Friedhof zu Ehren der Götter. Etwas Schöneres konnte es nicht geben. Es war der Weg in die Vergangenheit und zugleich der Weg zur Macht, die endlich das Patriarchat ablösen sollte. Sie und Satanica machten den Anfang. Alle im Bus waren davon überzeugt, daß andere folgen würden.

Die belebteren Gegenden blieben hinter den Frauen zurück. Sie erreichten die Ausläufer der Einsamkeit, der Felder, der freien Flächen, der Wiesen und auch der kleinen Waldstücke, wobei sich die nächsten Orte weiter entfernt abmalten.

Es war für sie wunderbar. Sie genoß es. Es war das Leben, auf das Edda und die anderen immer gehofft hatten. Noch war es nicht dämmrig geworden. Allerdings schon etwas düster. Viele Fahrer hatten bereits die Lichter ihrer Autos eingeschaltet, aber der Bus fuhr nach wie vor ohne Licht, denn die Sicht war frei. Auch bis zu dem Punkt hin, an dem ihr Ziel lag.

Dort malte sich ein dunkler Streifen ab. Da gingen zwei Gebiete ineinander über. Zum einen der Friedhof und zum anderen der hinter ihm liegende Wald. Beide waren natürlich getrennt, aber aus der Entfernung nicht so genau zu unterscheiden.

Sie rollten weiter. Die breiteren Straßen hatten sie verlassen. Nur wenige schmale Wege durchkreuzten das Gelände. Natur, wohin man schaute, hineingedrückt in die Einsamkeit eines allmählich vergehenden Tages.

Das Fest lag vor ihnen. Eine Nacht, die keine der Frauen je vergessen würde, auch deshalb nicht, weil sich ihr Leben dann völlig ändern würde.

Edda lächelte. Angst verspürte keine von ihnen, nur eben die Erwartung. Bald würde sie aber den Friedhof erreicht haben.

Der Asphalt und damit die Glätte der Wege verschwand. Der Bus holperte jetzt über Feldwege, die von Büschen flankiert wurden. Hin und wieder schlugen deren Zweige gegen die Karosserie, als wollten sie den Lack abkratzen.

Sie rollten dem Friedhof entgegen. Das Bild war deutlicher geworden. Es hatte sich von dem zweiten getrennt, und sie konnten bereits die Bäume ausmachen.

Auch jetzt verzichtete Edda darauf, die Scheinwerfer einzuschalten. Das Scheinwerferpaar war weit zu sehen, und auffallen wollten sie um keinen Preis. So rollte der Bus wie ein dunkelgrauer Schatten in den anbrechenden Abend hinein und auf den dunklen Umriß des Friedhofs zu, der für die Frauen zu einem Festplatz werden würde.

Ein Versteck für dieses große Fahrzeug gab es nicht. Edda stoppte nahe dem überwucherten Eingang und rannte los. Geschafft. Sie war erleichtert, ebenso wie die anderen Frauen.

Tief durchatmen. Aufatmen.

Die Frauen erhoben sich. An Schweigen war nicht mehr zu denken. Sie mußten einfach miteinander reden, und so flossen die flüsternden Echos durch den Bus, verloren sich aber, als die Frauen das Fahrzeug verlassen hatten.

Edda stieg als letzte aus. Sie überzeugte sich davon, daß keine Tasche mehr im Bus zurückgeblieben war. Dann erst drückte sie die Tür zu. Der Bus stand hier gut. Sie brauchten ihn erst am nächsten Morgen wieder zu besteigen.

Als geschlossener Pulk mit Edda an der Spitze

näherten sich die Frauen dem Friedhof. Sie alle steckten voller Erwartung, und sie wirkten auch nicht mehr wie Tote, obwohl ihre Gesichter eine ähnlich graue, angestaubte Farbe zeigte, denn jede von ihnen hatte sich so gepudert, wie die Königin es verlangte und es zu dem entsprechenden Ritual gehörte.

Diszipliniert betraten sie den Ort ihrer Feier. Dicht hinter dem Eingang sammelten sie sich und ließen ihre Blicke schweifen. Es hatte sich nichts verändert. Satanica zeigte sich nicht. Das hatten sie auch nicht erwartet, denn sie würde an einer bestimmten Stelle auf der Grabplatte sitzend auf sie warten.

Der Friedhof war finster, zumindest von ihrer Stelle aus wirkte er so. Als sie die ersten hochwachsenden Büsche hinter sich gelassen hatten und ihre Sicht freier wurde, da entdeckten sie den schwachen Lichtschein, der nicht starr war, sondern sich bewegte, weil der leichte Wind mit den Flammen spielte und sie entsprechend bewegte.

Edda, die noch immer an der Spitze ging, blieb stehen und drehte sich um. »Satanica ist schon da«, sagte sie und lächelte. »Sie erwartet uns. Wir sollten sie nicht enttäuschen.«

Die Frauen nickten.

»Dann verteilt euch.«

Widerspruchslos wurde Edda gehorcht. Es klappte wie geübt. In verschiedene Richtungen gingen die Frauen weg und nahmen ihre Taschen mit. Sie tauchten ein in die Lücken zwischen den Hecken und den Gräbern mit den hohen Steinen.

Es sprach niemand. Das Ritual war zuvor genau besprochen worden, und so handelten sie auch.

Der Inhalt ihrer Taschen bestand aus dicken Kerzen und Einwegfeuerzeugen. Kerzenlicht sollte dem Friedhof einen festlichen Glanz verleihen und das große Ritual fördern. So war es vorgeschrieben, und daran würde sich jede Frau strikt halten.

Nur Edda nicht. Sie war die Aufpasserin.

Überall hatten die dicken Kerzen ihre Plätze gefunden. Es gab kaum ein Grabmal, das von ihnen nicht mit mindestens vier Kerzen geschmückt wurde.

Der vergessene Friedhof bekam einen neuen, ihm zustehenden Glanz. Das warme Licht bewegte sich. Nie brannten die Flammen ruhig, und so war es unvermeidlich, daß das Spiel von Licht und Schatten den Betrachter faszinierte. Tanzend wischte es über das alte Gestein hinweg, das gelblichrot angehaucht wurde.

Es war nicht mehr der alte Friedhof. Das Licht hatte ihn zu einer völlig anderen Bühne gemacht. Die tiefen Schatten waren verschwunden, sie hielten sich nur noch an den Stellen, an die der Schein nicht heranreichte. Dort sah der Friedhof dann aus, als wäre er in einer ewigen Tiefe verloren.

Edda kontrollierte ihre Freundinnen genau. Erst als die letzte Kerze entzündet war, war sie zufrieden und blieb neben dem Grabstein stehen und auch der Person, die den Docht angezündet hatte. Die Frau war kleiner und hatte einen Glatzkopf. Stoppelreste wuchsen auf dem Kopf wie ein Schatten.

»Du bist zufrieden, Edda?«

Die Angesprochene lächelte. »Frag nicht, ob ich zufrieden bin, frag lieber nach der Göttin, ob sie es ist. Denn dieses Licht wird sie herlocken.«

»Wir hoffen es alle.«

»Eure Hoffnung wird sich erfüllen, das kann ich euch versprechen. Es ist alles vorbereitet.« Edda sprach nicht mehr weiter und ging auf einen in der Nähe stehenden Grabstein zu, auf dem keine Kerze stand. Doch nicht alle Grabsteine waren geschmückt worden, einen davon erkletterte Edda. Nun stemmte sie die Hände in die Hüften. So hatte sie die Haltung einer Königin angenommen und schaute sich um.

Der Friedhof hatte sein festliches Kleid übergestreift bekommen.

Die Lichter würden weit in die Nacht hineinleuchten, wenn es einmal dunkel geworden war. Vielleicht wurden sie auch gesehen, aber es würde sich kaum jemand darum kümmern.

Ein Meer aus Lichtern. Jede Flamme leuchtete für sich, und jede Flamme schien der Geist eines Verstorbenen zu sein.

Etwas Schöneres gab es nicht für Edda, und auch Satanica würde zufrieden sein. Es war genau die Kulisse, die sie brauchte, um den Schulterschluß mit den Mächten der Vergangenheit und der Hölle durchzuführen und ihn zu bestätigen.

Sie selbst würde sich hingeben und ihren Namen Satanica vergessen. Sie wollte dann zu Anat werden, aber im Prinzip Satanica bleiben, nur eben mit der Kraft und Macht der alten Kriegsgöttin ausgestattet.

Edda war zufrieden. Einen letzten Blick hatte sie noch dort hingeschickt, wo ihre gemeinsame Herrin ihren Platz eingenommen hatte. Dort leuchteten ebenfalls Lichter. Sie bildeten ein Viereck, was genau zu erkennen war.

Vier Kerzen am Rand der Opferstätte. Und die anderen würden den fremden Mächten den Weg weisen.

Edda verließ ihren etwas luftigen Platz. Sie landete auf der weichen Graberde. Die anderen Frauen waren zu ihr gekommen und umstanden sie wie Bewacherinnen.

»Es ist alles in Ordnung«, sagte sie und gestattete sich ein breites, zufriedenes Lächeln.

»Können wir jetzt zu ihr?« fragte jemand aus der Runde.

»Ja, das können wir. – Laßt uns gehen!«

Sie freuten sich, aber sie zeigten es kaum. Sie blieben ruhig, nur der Ausdruck ihrer Gesichter veränderte sich. Sie lächelten. Ihre Augen bekamen einen bestimmten Glanz, in dem sich die Vorfreude auf das Kommende zeigte.

Edda übernahm wieder die Führung. Sie war längst von den anderen Frauen akzeptiert worden. Keine wagte es, ihren Führungsanspruch in Frage zu stellen.

Es begann eine Prozession der Schattenfrauen, die sich über das Gelände bewegten. Schweigende Gestalten, die sich durch eine ebenfalls schweigende Welt bewegten, in der sich Licht und Schatten abwechselten, wobei sich die Helligkeit der Flammen immer stärker hervorkristallisierte, denn die Dunkelheit nahm zu. Bald würde es schwarze Nacht um sie herum sein.

Die Grabsteine als stumme Wächter blieben. Aber das ungewöhnliche Licht schien sie lebendig zu machen. Bewegungen entstanden. Schatten drückten sich tief und fest in das Gestein hinein. Über die Graberde huschten schwache Lichtreflexe und verloren sich dann an den Grabrändern.

In den Bäumen tanzte das nach oben wegfließende Restlicht der Kerzen. Auch sie wurden aus der Dunkelheit hervorgeholt und bekamen das Aussehen düsterer, mächtiger und dabei mitten in der Bewegung erstarrter Gespenster.

Eine Szenerie der Furcht, der Beklemmung hatte sich ausbreiten können. Keine fremden Geräusche unterbrachen oder störten die Frauen. Sie waren unter sich und kannten nur ein Ziel.

Satanica wartete bereits an ihrem Platz. So kannten

die Frauen ihre Herrin. Auf einer mit einem aus Blut gezeichneten Sigill versehen, hatte sie ihren Lieblingsort gefunden. Umrahmt von vier brennenden Kerzen, vor sich die Schale mit dem Blut. Hineingetaucht die Messerklinge. Beide Beine hatte sie angezogen und ihre verschränkten Arme auf die Knie gelegt.

Die anderen Frauen blieben stehen. Vor dem Grab bildeten sie eine Mauer aus Leibern. Eine Mauer des Schweigens.

Dreizehn Frauen, die auf das Schicksal warteten, das über sie herfallen würde.

Sie schwiegen.

Auch Edda sprach nicht, denn sie wußte genau, daß Satanica das erste Wort gebührte.

Die Nachfolgerin der Göttin sagte zunächst nichts. Sie hatte den Kopf nur leicht angehoben und schien den Anblick der Dienerinnen zu genießen und in sich hineinzusaugen. Die Lippen lagen aufeinander und leuchteten rötlich. Ob sie mit Blut befleckt waren oder ob der Schein der Kerzen daran die Schuld trug, war für die Frauen nicht zu erkennen. Jede von ihnen fühlte sich von den dunklen und glänzenden Augen angestarrt und konnte den Blick nicht mehr halten.

Satanica ließ eine schier endlose Zeit verstreichen, bis sie sich regte. Mit der rechten Hand stützte sie sich an der Grabplatte ab und stand auf.

Nichts wirkte an ihr verkrampft. Die Bewegung war geschmeidig gewesen, und sie blieb auch locker stehen.

»Ich danke euch«, sagte sie. »Ich danke euch, daß ihr gekommen sein, um bei mir zu stehen, wenn sich die Hölle und die Göttin aus der Vergangenheit in mir treffen und sich vereinigen. Es wird das Fest der Feste werden. Ich weiß, daß Anat schon wartet. Sie spürte sie. Ihr Geist umweht mich, ich empfange ihre Botschaften, und ich bin froh darüber, daß ich sie auch verstehen kann.«

»Wir haben dir zu danken«, sagte Edda. Sie sprach für die anderen Frauen gleich mit. »Wir haben dir deshalb zu danken, daß du uns ausgesucht hast. Denn nur so kriegen wir die Chance, die Macht zu bekommen, von der wir bisher immer nur geträumt haben. Ein langer Weg der Vorbereitungen liegt hinter dir und uns. Jetzt sind wir überzeugt, daß wir das Ende des Wegs erreicht haben.«

»Das habt ihr, meine Freundinnen. Diese Nacht ist entscheidend. Da werden wir die Früchte ernten. Da wird sich Anat durch mich zeigen.« Sie blickte zum dunklen Himmel. »Und ich werde endlich die Chance bekommen, den Geliebten der Göttin erfahren zu dürfen. Mich dürstet nach Baal«, sprach sie. Dabei hatte sich ihre Stimme verändert und war mehr zu einem Röhren geworden.

Die Frauen schwiegen. Sie waren keine Expertinnen wie Satanica, aber sie wußten sehr gut, was der Name Baal zu bedeuten hatte. Ein Kultgott, einer, den die abtrünnigen Israeliten verehrt hatten, denn ihm zu Ehren hatten sie das goldene Kalb erschaffen, das sie dann umtanzten. Baal war etwas Besonderes. Er war der uralte Gott aus vorchristlicher Zeit, und er hatte seine Faszination bis in die Gegenwart hinein nicht verloren.

Satanica trat einen Schritt zurück, damit sie von oben herab direkt auf das Wagenrad aus Blut schauen konnte. Tierblut hatte sie als Farbe genommen. Sie hatte das Blut so dick wie möglich aufgetragen, und auf der Oberfläche schimmerte es wie glänzender Lack. Lächelnd schaute sie in die Tiefe. Dann wischte sie über ihr Gesicht und schaute wenig später gegen die grauen Gesichter ihrer Dienerinnen vor dem Grab.

»Ich werde Anat jetzt rufen!« flüsterte sie den anderen zu. »Ich werde ihr mein Zeichen geben. Sie soll spüren, daß ich nur an sie denke, und ich habe mich entschlossen, dies auf eine wirksame Art und Weise zu besiegeln.« Sie bewegte ihren Kopf und schaute Edda direkt ins Gesicht.

»Was möchtest du?«

»Gib mir das Messer!«

»Ja, Herrin, ja.« Edda zeigte nicht, ob sie über diesen Wunsch entsetzt oder überrascht war. Außerdem war sie es gewöhnt, die Befehle auszuführen, die man ihr gab.

Edda bückte sich. Verfolgt von den Blicken der anderen Frauen. Sie faßte nach dem Messer und umklammerten den braunen Holzgriff.

Mit einer langsamen Bewegung zog sie die Spitze aus dem Blut, hob das Messer an, um es über den unteren Grabrand hinweg ihrer Herrin zu reichen.

Satanica nahm es an sich.

Für die Dauer einiger Sekunden starrte sie die Klinge an. Überlegte, ob und wie sie die Waffe einsetzen wollte.

Satanica wußte Bescheid. Lange genug hatte sie sich mit Anat beschäftigt. Um ihr ganz nahe zu sein, war auch sie gezwungen, Opfer zu bringen. Ihr Kleid war sehr lang. Es reichte bis zum Boden und bauschte sich dort auch auf. Aber es war auch sehr luftig, ärmellos.

Satanica hielt das Messer in der rechten Hand. In ihrem Gesicht zuckte kein Muskel. Trotz des Kerzenlichts sah ihr Gesicht wächsern aus, als sollte es sich dem einer toten Person angleichen.

Die Frau bewegte ihren rechten Arm nach links und hob ihn zugleich an. Das Messer machte die Bewegung mit. So wanderte die Klinge dem Oberarm entgegen.

Sie tippte mit der Spitze gegen ihren Arm. Noch blieb es dabei, denn wieder versenkte sie ihre Blicke in die Augen ihrer dreizehn Dienerinnen.

»Mein Blut zu ihrem«, flüsterte sie.

Ihre rechte Hand ruckte.

Die Spitze bohrte sich in die Haut. Wurde aber nicht zurückgezogen, sondern nach unten gedrängt, damit ein Schnitt entstehen konnte, aus dem das Blut quoll.

Es waren keine roten Perlen, die die Wunde verließen, das war schon mehr. Ein Rinnsal oder kleiner Bach, der an der Wunde seine Quelle hatte und sich nun auf den Weg nach unten machte. Als roter Streifen lief er an Satanicas Arm entlang, dem Handrücken entgegen. Sie mußte Schmerzen haben, aber sie lächelte und nahm sie nicht zur Kenntnis. Dann beschäftigte sie sich mit dem rechten Arm. Das Messer hatte sie in die Linke gewechselt. Zielsicher bewegte sich die Spitze wieder auf ihren Arm zu.

Es geschah wie zuvor.

Die Wunde, der Schnitt, das nach unten fließende Blut, das die Hände erreichte, dort aber nicht stoppte, sondern an den Fingern entlang bis zu den Spitzen floß, sich dort für einen Moment sammelte und dann zu Boden tropfte.

Es landete auf der Grabplatte. Jede der Frauen glaubte, ein zischendes Geräusch zu hören.

Satanica aber stand im Licht der Kerzen und lächelte. Sie sah aus, als wäre sie dieser normalen Welt längst entrückt ...

Mit der Abfahrt hatten wir zwar nicht bis zum Einbruch der Dämmerung gewartet, aber wir fuhren schon in sie hinein, und die Gräue legte sich als großes Tuch über das Land.

Lichter funkelten. Autofahrer hatten die Scheinwerfer eingeschaltet. Helle Lanzen bohrten sich in das Grau hinein, huschten über Straßen, Hauswände oder Menschen hinweg, die auch um diese Zeit zu Fuß unterwegs waren.

Ich fuhr. Suko hatte den Platz neben mir eingenommen, und das Schwert lag auf dem Rücksitz.

Es war schon etwas Besonderes. Der Griff war wunderbar geformt, aber darauf kam es mir nicht an. Viel wichtiger war, daß er aus zwei Materialien bestand.

Außen aus Stahl, wie es sich für eine Waffe dieser Art gehörte. In der Mitte aber bestand das Schwert aus Gold.

Ob es richtig gewesen war, die Waffe mitzunehmen, darüber hatte ich auf der Fahrt schon mehr als einmal nachgedacht. Ich war dann zu dem Entschluß gelangt, daß es zumindest nicht hatte schaden können. Es stammte schließlich aus der Zeit, in der Göttinnen wie Anat oder Astrate Altäre errichtet worden waren und der Baal-Kult ebenfalls noch eine Blütezeit erlebt hatte.

Vergessen hatte ich das Erscheinen der Horror-Reiter nicht. Auch darüber hatten wir uns unterhalten. Suko war da derselben Ansicht wie ich gewesen. Er glaubte fest daran, daß wir drei der vier Reiter vergessen und uns nur auf den Diener Baals konzentrieren sollten. Er war das bindende Glied zwischen der Kriegsgöttin Anat auf der einen und Satanica auf der anderen Seite.

Die mächtige Stadt London lag mittlerweile hinter uns. Wir rollten durch die Vororte, die keinesfalls menschenleer waren. Zudem herrschte noch genügend Verkehr, und wir mußten uns an die Regeln halten, obwohl wir es eilig hatten.

Später konnte ich schneller fahren. Da hatten wir

die Häuser hinter uns gelassen und bewegten uns über das flache Land hinweg. Im Zwielicht war es kaum als solches zu erkennen, denn es sah manchmal so aus, als wollten Himmel und Erde zusammenwachsen, um sich wie ein in die Unendlichkeit hineinreichender See auszubreiten, auf dessen starrem Wasser kein einziger Lichtreflex tanzte.

Suko saß still neben mir. So kannte ich ihn. Er konzentrierte sich. Manchmal wünschte ich mir, seine Nerven zu haben.

Eingeschlafen war er nicht, auch wenn es so aussah. Suko war hellwach. Seine Augen bewegten sich, wenn er die Umgebung absuchte. Ich konnte seine Gedanken nachvollziehen. Die Verletzte hatte von einem Fest gesprochen, und zu einem Fest, was immer es auch sein mochte, gehörten Menschen.

Wenn sie zum Friedhof wollten, mußten sie denselben Weg nehmen wie wir. Vorausgesetzt, sie gingen nicht zu Fuß oder kannten irgendwelche Abkürzungen.

Das flache Land nahm uns auf.

Keine Lichter mehr. Ein dunkler Boden, darüber der finstere Himmel und die Stellen, wo beides ineinander überging.

Dennoch zeichneten sich die kleinen Waldstücke ab. Sie wirkten so, als wären sie in die Landschaft hineingestreut und vergessen worden. Um den Friedhof zu erreichen, mußten wir rechts abbiegen. Die Glätte des Untergrunds verschwand. Wir rollten wieder über die Unebenheiten hinweg, spürten die kleinen Schlaglöcher und das Schaukeln des Rovers, der über die Bodenwellen hüpfte.

Unser Ziel war so etwas wie eine dunkle, starre Wand, die sich weiter vorn abzeichnete. Sie schien in die Landschaft hingestellt oder einfach nur in die

Ebene hineingemalt zu sein, wie ein Hindernis, das jeden stoppen sollte.

Uns nicht.

Ich wollte auch nicht, daß wir schon jetzt gesehen wurden, deshalb schaltete ich die Scheinwerfer aus.

Auch im Dunkeln kamen wir voran und würden uns nicht verfahren, denn so neu waren wir hier nicht. Die Wand wurde mächtiger, und auch Suko verlor seine Ruhe. Er schaute sich jetzt öfter um als gewöhnlich, aber wir waren allein unterwegs. Kein Auto, kein Licht . . .

Kein Licht?

Zugleich sahen wir den blassen, noch weit entfernten und sich trotzdem bewegenden Schein. Und zwar dort, wo sich auch der Friedhof befand. Suko war schneller mit seiner Bemerkung als ich. Er sagte nur: »Das sind mehr als vier Kerzen.«

»Aber sicher.«

»Es bedeutet, daß wir die letzten sind, die den Friedhof erreichen. Wir können nur hoffen, nicht zu spät zu kommen.«

Ich hielt den Mund, befürchtete aber das gleiche. Die Grenze des Friedhofs rückte näher. Und dahinter leuchtete das Licht. Wir sahen es durch die Lücken, nie ruhig, immer leicht tanzend, vom schwachen Wind bewegt und so einen Teppich aus unterschiedlich hellem Licht über dem Areal hinterlassend.

Als ich langsamer fuhr, fiel mir zugleich an der rechten Seite der hohe, dunkle und auch eckige Umriß auf, als hätte dort jemand einen überdimensionalen Karton abgestellt.

Es war alles andere als ein Karton, denn als wir ausgestiegen waren, entpuppte er sich als abgestellter Kleinbus, in dem mehrere Personen Platz hatten.

Während ich mich um mein Schwert kümmerte

und es aus dem Rover holt, schaute sich Suko den Kleinbus genauer an. Er war dicht an das Fahrzeug herangetreten. So konnte er durch die Fensterscheiben schauen und die Sitzbänke zählen.

»Wenn er voll besetzt war, John, müssen wir mit zwanzig Personen rechnen.«

»Auch das noch.«

»Muß aber nicht sein.«

Ich drückte den Wagenschlag zu, stellte die Spitze des Schwerts vor mir auf den Boden und stützte mich mit beiden Händen am Griff ab. Suko gefiel meine Haltung nicht. Er lächelte mich an. »Du siehst so aus, als wüßtest du nicht, was du damit anfangen solltest.«

Ich hob die Schultern. »Irgendwo hast du schon recht. Ich gehöre eben nicht in die Ritterzeit.«

»Weiß ich. Als Prinz Eisenherz kann ich dich mir auch schlecht vorstellen.«

»Als was denn?«

Suko verzog den Mund, trotzdem blieb er ernst. »Wie heißt der Comic-Held noch, über den in Germany so viel gesprochen wird?«

»Keine Ahnung.«

»Ja, jetzt fällt es mir ein. Das kleine A . . .«

Ich unterbrach ihn mit einem böse klingenden Zischlaut und hob die Waffe an. »Noch ein Wort, und ich mache dich zum Schaschlik.«

»Nein danke, dazu fehlt die Soße.«

»Schluß mit lustig«, sagte ich. »Laß uns gehen und als Ehrengäste am Fest teilhaben.«

Zum zweitenmal an diesem Tag betraten wir den alten, längst vergessenen Friedhof. Verändert hatte sich nichts, soweit es in der Dunkelheit festzustellen war, aber weiter vor uns war er wirklich zu einer mit einem unheimlichen Flair erfüllten Bühne geworden, auf der sich verschiedene Gestalten tummelten. Unter anderem auch wir, denn wir beide bewegten uns auf den Lichtschein zu.

Ich hatte eigentlich damit gerechnet, so etwas wie ein helles Zentrum zu erleben, das aber traf nicht zu. Er war eigentlich überall. Schon nach wenigen Schritten und noch außerhalb der Helligkeit stellten wir fest, daß so gut wie jedes Grab oder jeder Grabstein mit Kerzenlicht geschmückt worden war.

Es waren dicke Kerzen, die nicht so schnell von einem Windstoß umgekippt werden konnten. Und die Flammen tanzten geschützt hinter dem hochgezogenen Rand.

Noch sahen wir keine der Frauen. Das Licht blendete schon, das Tanzen der Flammen verursachte bei mir eine gewisse Nervosität. Überall sahen wir diese Altäre aus Licht. Manchmal sahen sie so aus, als würden sie in der Luft schweben.

Beide waren wir gespannt auf Satanica. Bisher hatten wir sie nicht zu Gesicht bekommen. Auch jetzt konnten wir sie nicht entdecken. Auch die übrigen Frauen blieben uns verborgen. Sie nutzten geschickt die hohen Grabsteine als Deckung aus.

Diesmal waren wir dicht beisammen geblieben. So brauchten wir nicht laut zu sprechen, um uns verständigen zu können. Sukos Flüstern erreichte mein rechtes Ohr. »Ich gehe einfach mal davon aus, daß sie sich dort versammelt haben, wo auch unser spezielles Grab liegt.«

»Du hast recht.«

»Dann müssen wir, glaube ich, weiter nach links.«

Ich verließ mich auf Suko und änderte die Richtung. Zwar kamen wir dem Schein näher, trotzdem hatte er uns noch nicht erreicht. So blieb auch der Boden in der tiefen Dunkelheit verborgen. Gleichfalls die niedrigen Büsche. Daß manche von ihnen mit Dornen bestückt waren, merkten wir beide, denn einige von ihnen hakten sich sogar an meinen Socken fest, und ich mußte mich losreißen.

Auch Suko fluchte. Allerdings so leise, daß wir nicht gehört wurden.

Dafür vernahmen wir andere Stimmen.

Flüsternd, zischend, recht leise. Aber es war zu hören, daß Frauen sprachen.

Sie unterhielten sich. Rede und Gegenrede waren nicht zu unterscheiden. Es blieb bei einem Gleichklang, es war monoton, und es gab auch keine Person, die lauter sprach, so daß sie die anderen Stimmen damit übertönte.

Der plötzliche Wind überraschte uns alle. Nicht nur Suko und mich, auch die Frauen. Wir hörten ihre erschreckten Rufe. Die Flammen der Kerzen schafften es nicht, sich gegen den plötzlichen Wind zu behaupten. Sie wurden den oberen Rändern der Kerzen entgegengebogen, lagen flach, und für einen Moment sah es so aus, als wären sie ausgelöscht worden.

Dunkelheit fiel über den Friedhof. Nur noch sehr schwach und blaß erhellt.

Dann jedoch, als wären sie von irgendwelchen Geistern geführt worden, richteten sich die Flammen wieder auf.

Weshalb der Wind so plötzlich geweht hatte und dann wieder eingeschlafen war, wußten Suko und ich nicht zu sagen. Es steckte einfach eine andere Macht dahinter, damit fanden wir uns ab.

Nicht aber mit dem Lachen.

Es klang nicht normal. Es röhrte in die Stille hinein und zerschmetterte sie.

Trotzdem hatten wir herausgefunden, daß eine Frau dieses Lachen ausgestoßen hatte.

Im nächsten Moment erhielten wir die Bestätigung.

Satanica war es, die mit mächtiger Stimme einen Namen über den gesamten Friedhof rief.

»Baaaal ...«

Satanica hatte ihren beiden Arme angeschnitten und war danach einen Schritt nach links gegangen, um neben dem Grab stehenzubleiben. Nicht ein Wort, nicht ein Laut des Schmerzes war aus ihrem Mund gedrungen, und auch ihre Dienerinnen hatten den Atem angehalten. Ihnen war bewußt, daß etwas Magisches, Mystisches und zugleich Unheimliches geschehen war. Sie brauchten auch nicht nach einer Erklärung zu suchen, sie hätten sie nicht finden können.

So schauten sie eben zu, was auf der Grabplatte geschah, auf die das Blut der Satanica getropft war und sich mit dem anderen anfing zu vermischen.

Ob die Tropfen beim Aufprall nun gezischt hatten wie Wasser auf der heißen Ofenplatte, war ebenfalls zweitrangig geworden. Dafür geschah etwas anderes, denn das Blut auf der Platte bewegte sich. Es kräuselte sich. Das menschliche vermischte sich mit dem Tierblut und bildete bald eine rote Fläche.

Der Kreis blieb.

Er zog sich nicht zusammen. Er fächerte auch nicht auseinander, und das Licht der vier Kerzen strahlte ebenfalls ab. Es hatte jetzt ein neues Ziel gefunden, eben den Blutkreis auf der Grabplatte. Als leichter Schimmer glitt es darüber hinweg und veränderte die Oberfläche, denn er gab ihr einen verschiedenartigen Glanz. Mal ein tieferes Rot, dann wieder ein dunkles Gelb.

Satanica aber war in ihrem Element. »Das Blut des Tiers und das Blut des Menschen. Mensch und Tier –

Kreaturen, wie schon vor Tausenden von Jahren. Eine Vereinigung, ein Symbol für die Vereinigung, wie es auch Anat getan hat. Damals, als sie sich mit Baal vereinigte. Sie war der Mensch, er das Tier. Und so wird es wieder sein, denn diese Blutmischung hat die Tür aufgestoßen.«

Die Frauen hörten zu. Sie hatten jedes Wort verstanden, nur fiel es ihnen schwer, den Sinn zu begreifen. Damit kamen sie einfach nicht zurecht. Sie spürten nur, daß die Vereinigung der beiden Blutarten etwas in Bewegung gesetzt hatte, das auch für sie sehr wichtig werden würde.

Satanica wartete ab. Die Freundinnen interessierten sie nicht mehr. Ihre Aufmerksamkeit galt dem Blutkreis auf der Oberfläche. Sie sah, wie die Masse Blasen warf, als wäre sie bis zum Siedepunkt erhitzt worden. Dünne, zittrige Rauchfäden stiegen in die Luft und verströmten einen scharfen Geruch.

Die Flüssigkeit kochte. Es gab nichts, was sie erhitzt hätte, dennoch war sie heiß geworden. Sie brodelte. Die Grabplatte hatte sich in einen viereckigen Topf verwandelt, und der Rauch, der in die Höhe stieg, verdichtete sich immer mehr, so daß er zu einem regelrechten Nebel wurde.

Er verteilte sich nicht. Über dem Grab blieb er hängen. Er malte genau die Umrisse als dichte, quellende Wolke nach. Dabei nahm er immer mehr die Form von Watte an, ohne zu dicht zu werden, denn er war noch immer durchsichtig.

Keine der Zuschauerinnen wagte es, sich zu rühren oder zu atmen. Die Blicke waren gebannt auf die Nebelwolke gerichtet, die in ihrem Zentrum so aussah, als wollte sie sich dort auflösen.

Etwas geschah dort.

Eine neue Gestalt entstand.

Ein Schemen aus Gaze. Der Umriß eines Menschen, sehr weich von den Konturen her, aber im Innern so exakt ausgemalt, daß die Brüste zu sehen waren.

Eine Frau und trotzdem ein Geist. Gesichtslos, mehr als Schemen und voller Kraft.

»Anat ...?« Das eine Wort war aus dem Mund der ebenfalls zuschauenden Satanica gedrungen. Sie hatte dabei noch gestottert, als könnte sie selbst nicht glauben, was da durch ihre eigenen Aktivitäten passiert war. Wo immer sich Anats Geist auch aufgehalten haben mochte, welche Sphären er auch durchwandert hatte, es war ihm gelungen, sie zu verlassen, weil es einen Menschen gab, der sein eigenes Ich voll und ganz in den Dienst dieser Kriegsgöttin stellte.

Im Zentrum des Nebels hatte sich ein Freiraum gebildet, ohne Nebel. Satanica erlebte den Beginn ihrer größten Stunde. Sie hatte den vollkommenen Triumph gewollt. Nun stand sie an der Schwelle und brauchte nur mehr einen Schritt nach vorn zu gehen, um in Anats Nähe zu gelangen.

Noch traute sie sich nicht. Sie wirkte wie jemand, die noch ein bestimmtes Vorhaben durchziehen mußte.

Und dann sprach sie. Sie zitierte die Ballade, die an der Innenwand des Grabs zu lesen war.

»Siehe, Anat kämpft in der Ebene. Sie schlachtet zwischen den beiden Städten. Sie schlägt das Volk der Meeresküste, vernichtet die Menschen aus dem Osten ...«

Zeile für Zeile sagte sie auf. Dabei betonte sie jede Silbe, als wollte sie sich mit dem Geist der Kriegsgöttin unterhalten oder sie einfach nur bitten, das Opfer anzunehmen.

Als das letzte Wort aus ihrem Mund gedrungen war, blieb sie leicht zitternd stehen. Sie hatte alles getan, was getan werden mußte. Aber noch fehlte der letzte Schritt, und das im wahrsten Sinne des Wortes. Satanica mußte das Grab betreten und somit hineingehen in den Nebel, um zu Anat zu gelangen.

Sie tat es!

Es war ganz einfach. Dieser eine Schritt nach vorn, dann hatte sie das Zentrum erreicht.

Dreizehn Augenpaare schauten zu. Dreizehn Frauen hielten den Atem an und drückten die Daumen. Satanica war ungemein wichtig auch für sie. Ihre Aktion würde sich auf sie ebenfalls niederschlagen. Satanica war die Botin und Vorreiterin.

In ihrem Gesicht stand nicht zu lesen, was sie fühlte. Sie sah nur angespannt und konzentriert aus, während der Nebel auf sie wartete und sie dann verschluckte.

Er bewegte sich. Er umfaßte die Frau. Er spielte mit ihr, aber er breitete sich nicht aus. Einzig und allein auf die Abmessungen des Grabes blieb er beschränkt.

Die Frauen schauten zu. Jede von ihnen versuchte zu erkennen, was sich dort im Innern der dichten Wolken abspielte. Bewegungen waren vorhanden, aber die Sicht wurde ihnen genommen. Keine Zuschauerin konnte genau sagen, ob sich Satanica bereits mit ihrem großen Vorbild vereinigt hatte.

Zumindest war der Nebel in seinem Zentrum heller geworden. Wie eine Masse, die von innen her strahlte, weil sie irgendwann einmal das Licht eingefangen hatte. Auch die Gestalt der Frau war hell geworden. Ein Kranz aus Strahlen umflorte sie.

Sie bewegte die Hände. Um sie herum tanzte die andere helle Gestalt und ging auch auf sie über.

Vereinigung.

Ein scharfes Lachen erreichte die Ohren der Zuschauerinnen. Der Triumph einer Person, die alles gegeben hatte und sich nun am Ziel ihrer Wünsche sah.

Plötzlich wütete der Windstoß. Er raste über den Friedhof hinweg, als hätte sich irgendwo im Unsichtbaren ein gewaltiges Maul versteckt, aus dem dieser Orkan gedrungen war.

Die Kerzenflammen flackerten, weil sie nach unten gedrückt wurden. Für einige Sekunden verschwand ihr Licht.

Es wurde fast dunkel auf dem Friedhof, dann hatten sich die Flammen wieder erholt und kletterten an ihren Dochten hoch.

Auch der Wind war nicht mehr.

Aber er hatte erreicht, was er wollte. Er hatte den dichten Nebel aufgewühlt und eine Botschaft zu derjenigen gebracht, die es anging.

Noch immer stand Satanica mit hochgereckten Armen, umgeben von dieser ungewöhnlichen Masse. Aber sie meldete sich mit überlauter und schon überkippender Stimme.

Ein Wort nur, ein Name.

»Baaaal . . .!«

Erst der Wind, dann der Schrei, der uns beide überrascht hatte. Wir waren nicht weitergegangen, aber wir hatten den Namen des Götzen verdammt gut verstanden.

Baal also!

Der uralte Götze. Brutal und kriegerisch. Einer, der völkerübergreifend war und von den verschiedensten Gruppen verehrt und angebetet wurde. Baal, dem auch die Israeliten nach dem Auszug aus Ägypten zum Opfer gefallen waren, denn sie hatten das Goldene Kalb gebaut und hatten es umtanzt, während sich Moses auf dem Berg Sinai aufgehalten hatte, um dort die Gesetzestafeln in Empfang zu nehmen.

So erzählte es die Bibel. So sprachen auch einige Legenden darüber, das wußte ich alles. Und jetzt war uns klargemacht worden, daß dieser uralte Götze auch in unserer Zeit seine Faszination nicht verloren hatte. Die Menschen mochten ihn. Sie huldigten ihm noch immer. Sie waren dicht dabei, sie wollten an ihn heran, und sie brachen dabei auch die Gesetze.

In meinem Magen spürte ich den Klumpen. Obwohl der Schrei über den Friedhof getanzt war, wußte ich, daß er nur vor uns erklungen sein konnte. Die Echos hatten sich in alle Richtungen ausgebreitet.

Es war zu keiner zweiten Windbö mehr gekommen. Nicht der leichteste Hauch wehte über das Areal. Es war wind- und auch totenstill geworden.

Aber etwas mußte sich verändert haben, sonst hätte diese Person nicht den Namen des Götzen gerufen. Suko nickte mir zu. »Wir sollten uns die Sache mal ansehen, John.«

»Okay.«

Jetzt kamen uns die hohen Grabsteine zugute. Wir nutzten sie als Deckung. Im Zickzack bewegten wir uns auf das Ziel zu. Es lag ziemlich zentral, wir hatten es vor einigen Stunden erlebt. Da allerdings war es hell gewesen, in der Dunkelheit aber sah alles ganz anders aus.

Wir trennten uns nicht. Es war besser so. Außerdem mußten wir noch die Horror-Reiter mit in die Rechnung einbeziehen. Sie waren erschienen, geirrt hatten wir uns nicht, diese Gestalten konnte man sich nicht einbilden. Die waren echt gewesen.

Ich selbst kam mir nicht lächerlich vor, daß ich das Schwert des Salomo mitgenommen hatte. Irgendwo tief in meinem Innern war ich davon überzeugt, daß ich es noch gebrauchen würde. Da hatte mir meine innere Stimme schon den richtigen Weg gewiesen.

Im Zickzack näherten wir uns dem Ziel und zugleich einem Bereich, wo es heller war, weil die Kerzen an diesem Ort dichter beisammenstanden.

Wenn wir durch günstig liegende Lücken zwischen den Steinen schauten, sahen wir zum erstenmal die Gestalten der Frauen, die Satanica zu Diensten waren.

Sie standen ziemlich dicht beisammen und bildeten einen Halbkreis um das Grab herum, in dem die Leiche des Streetworkers gelegen hatte. Von unserer Position aus war nicht zu erkennen, ob es abermals geöffnet oder wieder geschlossen worden war. Wir sahen nur, daß sich dort etwas tat, denn abermals nutzten wir die Lücken zwischen den Körpern und entdeckten auch den hellen Fleck, der sich in Höhe des Grabs befinden mußte. Es war nicht sehr groß und blieb auf die Umrisse beschränkt. Mir zumindest kam in den Sinn, daß es sich durchaus um eine Geistererscheinung handeln konnte. Suko dachte ebenso, den er fragte nur: »Kann das Anat sein? Ist es möglicherweise ihr Geist, den Satanica gelockt hat?«

»Ich denke schon.«

»Und?«

Ich wollte eine Antwort geben und davon sprechen, daß wir uns jetzt am besten trennten, so daß wir das Grab und die Frauen in die Zange nehmen konnten, als zweierlei Dinge passierten.

Zuerst meldete sich Satanica. Es hörte sich an wie abgesprochen. Sie stöhnte auf. Langgezogen, sogar sehr sinnlich. Dann klang ihre Stimme aus dem Nebel hervor. »Ich spüre ihn. Ich weiß, daß er sich in meiner Nähe aufhält. Ich merke, wie er mich umtanzt, wie er immer näher kommt und wie er mich streichelt. Er ist wunderbar. Ich habe lange auf ihn gewartet. Ich wußte, daß er mich nicht im Stich läßt. Er hat seinen Diener, nein, er ist es irgendwo auch selbst. Die alte Kraft streichelt mich. Er ist außerhalb, und ich fühle in mir selbst die große Göttin. Sie hat mich angenommen, ich bin würdig genug für Anat gewesen. Ich bin sie, und sie ist ich, und ich werde weiter in dieser Doppelexistenz leben ...«

Das hatten wir gehört. Es wäre schon die Aufklärung gewesen, aber da gab es noch etwas, das mich stutzig werden ließ, und mit dem ich schlecht zurechtkam.

Es hing mit dem Schwert zusammen. Ich benutzte es zwar nicht als Stütze, aber die Spitze berührte den Boden, und ich hatte beide Hände auf den Griff gelegt.

Da geschah es.

Das plötzliche Vibrieren und Zittern der Klinge ließ sich mit normalen Worten nicht erklären. Es mußte etwas in der Nähe sein, das auf diese Klinge übergegangen war. Die Kraft aus der vorchristlichen Zeit. Die Macht der Götter, die mit herübergebracht worden war, eben durch die Beschwörung und auch durch den plötzlichen Windstoß. Die Klinge war ein Freund, der mich warnen wollte. Sie nahm die Kräfte auf, die sich in ihrer Nähe bewegten, und gab sie an mich weiter.

Suko war mein starres Verhalten aufgefallen. Er schaute mich von der Seite her besorgt an, sah auch mein Kopfschütteln und fragte: »Was ist mit dir, John?«

»Nichts, nur mit dem Schwert.«

»Wieso?«

»Es zittert. Es hat etwas festgestellt, und es meldet sich, wenn du so willst.«

»Melden ...?«

»Ja, hier geht etwas vor.« Ich hob die Schultern. »Leider weiß ich selbst nicht, was auf diesem Friedhof abläuft. Es ist noch nicht sichtbar, aber vorhanden.«

»Satanica oder Anat?«

»Kann sein.«

»Dann laß uns näher rangehen.«

Das war sowieso nötig, denn noch hielten wir uns zu weit vom Ort des Geschehens auf, um rasch eingreifen zu können. Nicht mal Satanica hatten wir zu Gesicht bekommen, dafür diesen hellen, weißen und klumpigen Nebel auf dem Grab.

War sie das?

Ich schluckte meinen eigenen Speichel, bevor ich das Schwert etwas anhob, damit es den Kontakt mit dem Boden verlor. Kaum schwebte die Spitze über dem Boden, da war von dieser ungewöhnlichen Vibration nichts mehr zu spüren.

»Vorbei?« fragte Suko.

»Ja. Ich spüre es nur, wenn der Kontakt vorhanden ist. Es hat mit diesem verdammten Friedhof zu tun. Er ist verseucht, oder er hat eine Verbindung mit der Vergangenheit bekommen.«

Am Grab tat sich etwas. Plötzlich bewegten sich auch die Frauen. Sie hatten sich an den Händen gefaßt, hielten die Arme gestreckt und reichten aus, um einen Kreis um das Grab bilden zu können. Ihre Augen waren dabei auf die helle Gestalt gerichtet, die sie wohl mit ihren Blicken anbeteten.

Es spielte keine Musik. Sie fingen trotzdem an zu tanzen. Und wieder kam mir eine Szene aus dem Alten Testament in den Sinn. Ich verglich diesen Tanz mit dem Tanz um das Goldene Kalb. Vielleicht war er damals wilder geführt worden, hier hielten sich die Frauen mehr zurück. Sie bewegten sich langsamer und blieben im Rhythmus. Alles wies darauf hin, daß sie diesen Tanz geübt hatten und es keine Premiere war.

Die Frauen tanzten sich ein. Zuerst waren sie noch etwas steif gewesen. Nach der zweiten Runde allerdings gaben sie sich schon viel lockerer. Sie behielten die Schrittfolge bei und kamen nicht aus dem Takt.

Wir brauchten nicht mal besonders vorsichtig zu sein, als wir uns den Frauen näherten. Zudem wehte uns ein Singsang entgegen, der nicht aus Worten bestand und demnach auch kein Lied darstellte, sondern einfach nur als Untermalung diente.

Uns trennten nur wenige hohe Grabsteine vom Ziel. Suko ging nach rechts weg, ich suchte mir die andere Richtung aus. Neben einer hohen Figur blieb ich stehen. Wen sie darstellen sollte, wußte ich nicht. Sie hatte nur die Arme vorgestreckt, als wollte sie das unter und vor ihr liegende Grab segnen.

Zum erstenmal bekamen wir Satanica zu Gesicht. Ich wußte nicht, ob sie echt war oder sich bereits mit dem vereinigt hatte, was aus der tiefen Vergangenheit gekommen war.

Sie stand im Nebel.

Nein, das war kein Nebel. Dafür war diese nach oben gezogene Wolke einfach zu hell und zu dicht. Ich hatte so etwas bei irgendwelchen medial veranlagten Menschen erlebt, wenn sie Kontakt mit dem Jenseits aufgenommen hatten. Dann war aus ihren Mündern ebenfalls dieses helle Plasma geströmt, wie es auch hier bei Satanica der Fall war. Nur sah es auf diesem Friedhof sogar leicht gelblich aus, was auch an den Lichtern der sie umstehenden zahlreichen Kerzen liegen konnte, denn sie wurde von allen Seiten angestrahlt.

Ich konzentrierte mich auf sie. Satanica hatte sich nicht verändert. Noch immer stand ein Mensch auf der Grabplatte. Blondes Haar, ein langes Kleid, dessen Saum bis zu den Füßen reichte. Sie stand nicht still, aber im Gegensatz zu ihren Dienerinnen bewegte sich Satanica auf der Stelle. Auch sie tanzte. Den Kopf hatte sie dabei in den Nacken gedrückt. Ihr Mund stand offen. In unregelmäßigen Abständen drangen immer wieder Stöhnlaute hervor. Manchmal so tief und röhrend, als litte sie unter starken Schmerzen.

Das war sicherlich nicht der Fall. Schmerzen konnte sie nicht haben. Auch waren es keine Schreie, die auf einen Schmerz hindeuteten. Sie erinnerten mich eher an Laute der Lust, zudem hatte dieser Tanz eine erotische Ausdruckskraft, als wollte sich Satanica irgendwelchen Kräften hingeben, die in der Nähe lauerten.

Sie schaffte es auch nicht, ihre Hände ruhig zu halten. Immer wieder streichelte sie sich. Die Hände fuhren über die Oberschenkel hinweg, die Hüften, um danach zu den Brüsten zu wandern, die Satanica zusammen mit dem Stoff knetete. Es blieb nicht dabei. Sie schüttelte plötzlich den Kopf. Die Haarsträhnen klatschten dabei in ihr Gesicht und wurden davon wieder weggeschleudert. Sie wollte mehr, und sie wollte nichts mehr zwischen ihren Händen und dem Körper wissen.

Während ihre Freundinnen oder Dienerinnen noch immer ihre Kreise um das Grab zogen, griff Satanica mit beiden Händen zu. Sie bohrte ihre Finger in den Stoff des Kleides hinein, als wollte sie ihn zerfetzen. Etwas Ähnliches passierte auch, aber sie zerfetzte den Stoff nicht, sondern riß ihn einfach nur auf.

Nach zwei verschiedenen Seiten hin zerrte sie die Knopfleiste weg. Sie hatte schon eine monströse Kraft eingesetzt, und plötzlich klaffte das Kleid bis weit unter den Gürtel auseinander und sank dabei zu Boden. So weit ließ Satanica es nicht kommen. Sie faßte im richtigen Moment zu und hielt es fest. Dann stieg sie mit einem Schritt und dem gleichzeitigen Anheben des Beins aus dem Kleid hervor. Sie zerrte es in die Höhe und schleuderte es über die Köpfe der Tanzenden hinweg auf das Friedhofsgelände.

Endlich frei!

Wie anders hätte ich sonst ihr Stöhnen deuten sollen? Es klang so erleichtert, als hätte sie schon lange auf diesen einen Zeitpunkt gewartet.

Völlig nackt war sie nicht, obwohl es im ersten Moment so aussah. Sie trug noch einen sehr kleinen Slip mit weitem Beinausschnitt, aber der obere Teil des Körpers wurde von keinem Stück Stoff bedeckt. Da malten sich die Brüste ab, deren Spitzen ziemlich weit vorstanden, ein Zeichen dafür, daß Satanica erregt war.

Sie schwitzte. Von der Stirn hinunter zu den Beinen glänzte ihre Haut. Sie dachte nicht daran, eine längere Pause einzulegen, der Tanz ging weiter. Jetzt endlich konnte sie sich streicheln.

Sie tat es mit einer schon sinnlichen Aktivität. Es war genau zu sehen, wie die Frau diesen Tanz und das eigene Streicheln des Körpers genoß. Ich schaute ihr dabei zu und dachte an die alten Fruchtbarkeitstänze.

Der Nebel war noch da.

Er bewegte sich um sie herum. Er war wie ein Tänzer aus gelblicher Watte, und man mußte sich schon auf ihn konzentrieren, um bestimmte Dinge herausfinden zu können.

Ich hatte mich auf ihn eingestellt und mich auf diese Masse konzentriert. So war mir aufgefallen, daß sich im Innern der Masse Gestalten abzeichneten oder Umrisse, die mal da waren, zerflatterten und wieder neu entstanden.

Schemen. Langgezogene Formen, die auch als menschlicher Umriß gewertet werden konnten, wie auch der gesamte Nebel hin und wieder die Form eines Menschen bekam.

Er strahlte auch eine gewisse Kühle ab. Die das Grab umtanzenden Frauen würden sie sicherlich deutlicher spüren. Ich stand zu weit weg und bekam nur die Reste mit.

Kälte aus dem Jenseits.

Aus der Welt, in der sich der Geist der Göttin Anat aufgehalten hatte. Für Satanica bestand die Welt ausschließlich aus der rechteckigen Grabplatte. Mochten ihre Bewegungen noch so wild werden, sie verließ dieses Viereck nicht, das auf dem Boden einen dunklen Kreis bekommen hatte.

Ich überlege, wie lange ich noch mit dem Eingreifen warten sollte. Wenn ich auf mein Gefühl hörte und mich auch auf die Augen verließ, mußte ich noch für eine Weile hier am Rand stehen bleiben, denn der Tanz näherte sich dem Höhepunkt.

Er wurde wilder. Der Körper zuckte in schon obszönen Bewegungen. Immer wieder stieß Satanica ihr Becken vor und fuhr auch mit leicht gespreizten Händen darüber hinweg.

Sie blieb nicht mehr still. Ihre Stimme war nicht laut, aber sie übertönte den Singsang der Frauen.

Zuerst hörte ich nur ein Stöhnen, bis ich genauer lauschte und herausfand, daß sie bei ihren zuckenden Bewegungen immer nur ein Wort hervorstieß.

Baal!

Sie wollte Kontakt zu diesem finsteren Götzen haben. Sie demonstrierte ihm, daß sie bereit war, sich ihm hinzugeben. Ich haßte den Götzen, und ich mußte an meinen Silberdolch denken, den er damals an sich genommen und vielleicht vernichtet hatte.

Der Höhepunkt mußte bald erreicht sein. Die Bewegungen der Frau nahmen an Wildheit zu, und sie wollte auch völlig nackt sein. Daß sie ihre Finger in den Rand des Slips gehakt hatte, das hatte ich kaum mitbekommen. Nur als sie ihn zur Seite zerrte und gleichzeitig zerriß, da war mir klar, daß das Ende bevorstand.

Der Slip flog weg.

Sie tanzte weiter.

Sie stöhnte.

Sie schrie.

Sie beugte sich vor. Oberkörper und Haare zuckten. Dann riß sie den Körper wieder in die Höhe, streckte die Arme aus, drückte sich nach hinten und öffnete den Mund so weit wie möglich. Ihre Zunge tanzte dabei, als sie den Namen des Götzen gegen den Himmel brüllte.

»Baaaaal . . .!«

Das Echo wehte über den Friedhof. Gleichzeitig war Satanicas Tanz beendet. Sie fiel in sich zusammen, total erschöpft.

Auf der Grabplatte sank sie nach hinten. Die Ellenbogen ihrer angewinkelten Arme dienten als Stütze und auch mit den Hacken ihrer nackten Füße hatte sie sich abgestemmt.

Das Gesicht glänzte. Der feinstoffliche Nebel lag jetzt wie ein matter Schleier über ihr.

Auch die dreizehn Frauen tanzten nicht mehr, und ich stand, ebenso wie Suko, als Wächter im Hintergrund. Auch mein Freund hatte sich still verhalten, da er wußte, daß der richtige Zeitpunkt für ein Eingreifen noch nicht gegeben war.

Satanica, die wohl innerlich immer stärker zu Anat geworden war, hatte ihren Liebsten gerufen. Ihr Schrei war längst verhallte, und es war noch nichts passiert.

Endlose Sekunden vergingen. Satanica blieb in ihrer obszönen Haltung auf der Grabplatte liegen. Ich konzentrierte mich nicht mehr so stark auf sie und konnte mich wieder um das Schwert kümmern. Bisher hatte ich es noch nicht einzusetzen brauchen. Diesmal war ich davon überzeugt, daß es mir gute Dienste leisten würde.

Es war still auf dem Friedhof geworden. Nicht mal der Wind schickte sein Flüstern über das Totengelände hinweg. Satanicas Helferinnen sprachen ebenfalls kein einziges Wort, und nur sie selbst lag auf der Grabplatte, stöhnte und wartete darauf, daß sich ihr mächtiger Geliebter endlich zeigte.

Er kam nicht – noch nicht.

Das Schweigen wurde zur Last. Es war so intensiv, so stark, und irgendwo darin steckte auch eine Botschaft.

Meine Augen suchten Suko. Ich hatte dabei den Kopf nach links gedreht, fand ihn aber nicht, denn er hatte sich ebenfalls eine gute Deckung ausgesucht.

Die Stille blieb nicht bestehen.

Plötzlich hörten wir etwas.

Dumpfe Geräusche auf dem Boden. Klopfend, aus verschiedenen Richtungen kommend und uns dabei umkreisend. Als wären Personen dabei, mit Hämmern auf den weichen Boden zu schlagen.

Auch Satanica hatte die Geräusche gehört. Sie zuckte für einen Moment. Durch ihren nackten Körper lief das Beben, vielleicht hatte sie auch einen Kälteschock bekommen. Als sie Atem holte, da hörte es sich an, als wollte sie trinken. Stöhnend würgte sie den Namen des Götzen hervor. Sie kannte nur ihn, sie kannte nur Baal, denn er allein zählte und war wichtig.

Hufschlag ertönte, wurde lauter.

Pferde kündigten sich an. Düstere Tiere, die ebenfalls zu den düsteren Gestalten der Horror-Reiter paßten.

Ich sah sie noch nicht, wußte nicht, ob sie den Friedhof hier schon erreicht hatten. Das mußte nicht sein, sie konnten sich noch in ihrer dämonischen Welt aufhalten. Das war nur ein kurzer Gedanke, den ich kaum beenden konnte, denn plötzlich veränderte sich die Lage.

Da erschienen die Reiter auf dem Friedhof. Als wären sie einfach dahingestellt worden, hielten sie sich in den Lücken zwischen den mit Kerzen bestückten Grabsteinen auf und wurden vom flackernden Licht der Flammen nachgezeichnet.

Sie waren zu viert gekommen, und sie standen auch an vier verschiedenen Stellen, als wollten sie die Himmelsrichtungen dokumentieren. Der Kreis der Frauen hielt das Grab noch umfaßt, nur berührten sich die Hände der Personen nicht mehr. Es gab Lücken.

Satanica lag rücklings auf der Grabplatte. Nackt, mit leicht gespreizten Beinen. Bereit für den Götzen, den sie so liebte.

Sie oder Anat?

Im Prinzip spielte es keine Rolle, war sogar unwichtig. Sie wollte hier etwas durchziehen, das ihr Macht geben sollte. Den Kreis zwischen der alttestamentarischen Zeit und den Kräften der Hölle schließen. Nicht grundlos hatte sie sich diesen Namen ausgesucht.

Wo hielt sich der Horror-Reiter mit dem B auf der Brust auf, der das Synonym für Baal war?

Ich sah ihn nicht. Es war zu finster, und die Gestalten hatten sich den Schatten ausgesucht.

Es war etwas geschehen, auf das mein Kreuz reagierte. Es strahlte Wärme ab.

Es war gut. Ich fühlte mich beschützt, und ich

wollte auch nicht so lange warten, bis Baal selbst die Initiative ergriff. Da mußte ich schneller sein.

Es war eine Überraschung für die beiden Frauen, die ich nach wenigen Schritten zur Seite stieß, um mir eine entsprechende Lücke zu schaffen. Ob sie hinfielen oder auf den Beinen blieben, interessierte mich nicht. Ich hatte nur ein Ziel vor Augen. Es war die Person, die rücklings auf der Grabplatte lag und mich anstarrte, wobei sie mich möglicherweise gar nicht sah, weil sie von dem Licht der Kerzen geblendet wurde.

Ich sprang auf die Platte, hatte Salomos Schwert mitgenommen, und die Spitze zielte gegen Satanicas Hals ...

Es gibt Momente, da hat man das Gefühl, alles in einem gewissen Umkreis friert ein, wobei ich mich in diesem Fall nicht davon ausschloß. Ich glich einem dieser Grabsteine, denn ich bewegte mich nicht. Nur meine Augen zwinkerten, als ich Satanicas Gesicht anstarrte, das allmählich ihr grimassenhaftes Aussehen verlor und immer mehr einen staunenden Ausdruck annahm. Sie konnte mit mir nichts anfangen und mußte mit der neuen Lage zunächst fertig werden.

Daß hinter mir eine Bewegung entstand, hörte ich. Die Frauen waren ebenfalls von meinem Erscheinen überrascht worden. Sie wußten nicht, wie sie sich verhalten sollten. Sie kannten mich nicht, und möglicherweise glaubten sie sogar, daß ich dazugehörte.

Suko hatte mich ebenfalls beobachtet und teilte es mir auch mit. »Okay, John, es ist alles klar!« hörte ich die Stimme aus dem Hintergrund. »Du brauchst dir keine Sorgen zu machen.«

»Das hatte ich auch nicht vor.«

»Sehr gut.«

Satanica zwinkerte mit den Augen. Auch ihre Lippen zuckten. Sie war aus ihrer Trance wieder erwacht, denn sie schaffte es sogar, mir eine Frage zu stellen.

»Baal, bist du …?«

Ich ließ sie nicht ausreden. »Nein, Debora Brixton, ich bin nicht der Götze.«

Wieder staunte sie. »Debora? Du kennst meinen Namen?«

»Sicher.«

»Woher?«

Ich deutete ein Kopfschütteln an. »Es ist nicht wichtig, glaub mir. Ich will nur etwas anderes.«

»Was denn?«

»Die Vergangenheit soll Vergangenheit bleiben. Ich hasse es, wenn sich die schrecklichen, blutigen und negativen Vorgänge in anderen Zeiten wiederholen sollen. Ich hasse den Götzen, und ich werde es nicht soweit kommen lassen, daß du dich ihm hingibst, Debora.«

Sie fauchte mich an. Das Schwert interessierte sie nicht. »Ich bin nicht Debora. Ich bin Satanica und jetzt auch Anat, denn ihr Geist steckt in mir, und er hat mich unbesiegbar gemacht.«

»Das kann stimmen. Da widerspreche ich nicht mal. Aber du solltest daran denken, daß auch ich nicht unvorbereitet hier erschienen bin. Ich habe mein Schwert mitgebracht, das sehr alt ist und damals einem anderen gehört hat. Spürst du es nicht?«

»Nein.«

»Der Besitzer war König Salomo!«

Sie schwieg. An dem Ausdruck ihrer Augen las ich ab, daß ihr dieser Name schon etwas sagte. Deshalb fuhr ich auch fort. »Ich kann mir nicht denken, daß

Salomo ein Freund der Göttin Anat gewesen ist und auch des Götzen Baal. Er hatte einige Kulte akzeptiert. So war er dem der Astarte zugetan, wie ich aus alten Quellen erfahren habe. Aber nicht dem grausamen Kult der Kriegsgöttin Anat. Sie war für ihn eine Feindin, und da ich sein Schwert besitze, ist die Göttin auch für mich ein Gegner. Und damit du!«

Satanica hatte zugehört. Sie mußte mich auch verstanden haben, aber sie war zu verbohrt, um die Lehren aus meinen Worten anzunehmen. »Was willst du denn? Du bist ein Mensch. Du kannst es doch nicht schaffen, gegen die Mächte zu kämpfen, die es schon seit Jahrtausenden gibt. Es kann sie keiner stoppen. Kein Mensch wie du, denn die Welt der Götter und Götzen ist stärker, sehr viel stärker.«

»Willst du Baal?«

»Ja!«

Sie hatte das Wort gestöhnt und all ihre Emotionen hineingelegt.

Ich schüttelte den Kopf. »Laß es sein, Debora. Kehr wieder in dein eigentliches Leben zurück. Du bist ein Mensch, du bist keine Göttin, verstehst du?«

»Doch, ich bin eine . . .«

»Nein, du . . .«

Satanica riß den Mund blitzschnell auf, so daß ich vor Schreck die nächsten Worte verschluckte, denn der Rachen, in den ich hineinschaute, war nicht normal. Er war ein tiefes, dunkles Loch, in dem sich etwas bewegte.

Was es genau war, konnte ich nicht erkennen. Jedenfalls eine helle Masse. Möglicherweise der feinstoffliche Nebel, der zuvor die Grabplatte umweht hatte.

Anats Geist.

Satanica keuchte. Sie zuckte auch. Ich war gezwungen, mein Schwert etwas anzuheben, um sie nicht zu verletzen. Ich wollte sie nicht töten. Außerdem lief hier etwas ab, mit dem ich momentan nicht zurechtkam, das aber sehr wichtig für mich sein konnte, denn aus dem weit geöffneten Mund drang diese feinstoffliche Masse in die Höhe, schwebte über dem Gesicht und schickte mir zugleich eine Botschaft entgegen. Ich hörte etwas in meinem Kopf, das von außen eingedrungen war. Schwere Gedanken, aber keine Stimmen. Satanica lag auch weiterhin auf dem Rücken. Ihr Leib zuckte, sie streckte mir ihre Arme entgegen und klammerte sich an mir fest.

Ich zog sie nicht hoch oder nicht ganz. In Höhe meiner Hüfte schleuderte ich sie von mir.

Satanica prallte auf die Grabplatte, kippte darüber hinweg, während sich aus ihrem Mund noch immer der feine Nebel löste und wie ein zitternder Strich flatterte.

Nackt kroch sie auf die Frauen zu. Sie flüsterte immer wieder einen Namen. Es war der ihres Liebhabers. Ich stand noch immer auf der Grabplatte, hatte mich umgeschaut.

Etwas glühte zwischen den Kerzenflammen in einem dunklen Rot auf. Es war nur ein Buchstabe.

Das B für Baal!

Auch Satanica hatte es gesehen, obwohl sie noch auf dem Boden lag. Nur hatte sie ihren Blick in die Höhe gerichtet, und plötzlich wußte sie Bescheid.

»Baaal!« brüllte sie wieder. Dann schnellte sie hoch. Drehte sich und schaute den Götzen an.

Zugleich ritt der Horror-Reiter an.

Ich stand günstig. Ich wollte ihn kommen lassen. Ich würde gegen ihn kämpfen, und zwar mit der Waffe, die ich von einem König Salomo erhalten hatte.

»Vorsicht, John!«

Sukos Warnung erreichte mich zwar, aber sie kam etwas zu spät. Auf einmal flogen die Schatten auf mich zu, die gar keine Schatten waren, sondern Frauen in ihren langen Kleidern.

Satanicas Dienerinnen konnten sich nicht mehr zurückhalten. Sie mußten ihrer Herrin zur Seite stehen. Ich wußte nicht, wie viele Körper es waren, die sich gegen mich warfen. Jedenfalls zu viele, so daß ich keine Chance mehr hatte und von den Beinen gerissen wurde.

Ich fiel zu Boden.

Die Körper der Frauen landeten auf mir und begruben mich unter sich . . .

Auch Suko hatte alles mit angesehen und sich zurückgehalten wie sein Freund John Sinclair. Er hatte nach einer Weile festgestellt, daß sein Eingreifen nicht unbedingt erforderlich war, John kam zunächst allein zurecht. So wollte sich Suko um die vier Horror-Reiter kümmern, die zu seinen und Johns Urfeinden gehörten.

Bewaffnet war er mit seiner Dämonenpeitsche. Er hatte den Kreis bereits geschlagen, so daß die drei Riemen aus dem Griff hatten rutschen können.

Er war kampfbereit. Aber er wußte auch, wie stark seine Feinde letztendlich waren. Oft genug hatte er ihnen gegenübergestanden. Er war gewarnt, er kannte sie, und er wunderte sich jetzt, wie leicht er an den ersten Reiter herankommen konnte.

Es war der mit dem E auf der Brust. Dieser Buchstabe stand für Eurynome.

Von hinten hatte sich Suko an die Horror-Gestalt herangeschlichen und war ihr schon sehr nahe gekommen. So nahe, daß sie ihn eigentlich hätte bemerken müssen, aber sie tat nichts dergleichen. Selbst das schwarze Pferd nahm keine Witterung auf, um seinen Reiter vor der Gefahr zu warnen.

Das wunderte Suko schon, weil es einfach so anders war als sonst. Er änderte seinen Plan trotzdem nicht und überwand auch die letzte trennende Distanz.

Da erwischte ihn die Kälte.

Kein eisiger Windhauch – nein, sie war anders, ganz anders. Eine Kälte, wie Suko sie aus anderen Dimensionen oder Zwischenwelten her kannte. Ein Gedanke formte sich in seinem Hirn, dem er aber nicht weiter nachging, denn er wollte etwas unternehmen.

Das Pferd oder den Reiter angreifen?

Suko entschied sich für den Reiter.

Er änderte die Richtung und blieb neben dem Tier stehen.

Auch jetzt reagierte die Gestalt nicht. Sie schien zu Stein erstarrt zu sein und glotzte nach vorn. Der dunkle Knochenschädel war kaum zu sehen, da er zum großen Teil von einem Helm verdeckt wurde. Knochige Klauen hielten die Zügel des Tieres, die sich ebenfalls nicht bewegten, obwohl sie leicht durchhingen.

Suko wollte keine Sekunde länger warten. Seine Position war günstig. Er verließ sich auf die Stärke seiner Dämonenpeitsche, holte noch einmal aus und schlug zu.

Er traf – und traf nicht!

Suko zuckte zurück. Er hatte den Weg der drei Riemen genau verfolgen können. Sie waren auseinandergefächert. Sie hätten die Flanke des Pferdes, das Bein und die Hüfte des Reiters erwischen müssen, was auch irgendwo passiert war. Trotzdem waren die Riemen der Peitsche durch die drei Gestalten hindurchgehuscht, als wäre das Ziel überhaupt nicht vorhanden gewesen.

Suko war irritiert.

Er startete einen zweiten Versuch und erlebte das gleiche. Aber er dachte wieder an den kalten Hauch, der ihn erwischt hatte. Diese Kälte war nicht normal gewesen. Sie hatte den Reiter eingehüllt wie ein Schutz, und allmählich kam Suko der Gedanke, daß dabei einiges nicht stimmte. Dieser Reiter hatte sich tatsächlich eine Gegenwelt aufgebaut oder war in einer Zwischendimension gefangen und zugleich geschützt. Er stand dort wie ein magisches Hologramm. Er war nicht dreidimensional, und deshalb hatte Suko ihn auch mit seiner Peitsche nicht erwischen können. Diese Tatsache mußte der Inspektor erst einmal verdauen.

Danach ging er davon aus, daß er dies auch bei den anderen Reitern erleben würde. Nur war er skeptisch, ob er Baal darin auch einschließen sollte.

Suko ließ den Horror-Reiter stehen. Seine Gestalt verschwand nicht. Er blieb, aber der Inspektor dachte auch daran, daß der Hufschlag zu hören gewesen war.

Da mußten die Reiter in einem anderen Zustand gewesen sein, den sie jetzt verlassen hatten.

Er nahm die Kräfte hin, die den Friedhof beherrschten, denn er konnte nicht dagegen an.

Nur war er davon überzeugt, daß es weitergehen würde. Baal und Satanica waren die beherrschenden Kräfte. Er glaubte nicht, daß sie aufgeben würden.

In der letzten Zeit hatte sich Suko nicht mehr auf das Grab und dessen unmittelbare Umgebung konzentrieren können. Er wollte auch nicht mehr so weit von diesem Zentrum entfernt bleiben. Es würde eine Zeit kommen, wo er seinem Freund helfen mußte.

Nein, sie war schon da.

Satanica war es tatsächlich gelungen, das Grab zu verlassen. Sie war dabei zur Seite gesprungen oder gefallen. Es war egal. Suko bekam mit, wie der nackte Körper in die Höhe schnellte, und er sah auch, daß das B auf der Brust des Horror-Reiters in einem tiefen, dunklen Rot aufglühte.

Er ritt an, nachdem er sein Tier um die Hand gezogen hatte.

»Vorsicht, John!«

Die Warnung hatte er rufen müssen, aber er mußte auch einsehen, daß sie zu spät gekommen war.

Plötzlich warfen sich die Frauen seinem Freund entgegen.

In sie war Bewegung gekommen, als hätten sie diese beiden Worte aus ihrer Starre gelöst.

John wurde zu Boden gerissen und unter zahlreichen Körpern begraben. Aber nicht unter allen. Einige waren noch übrig. Die Frauen hatten herausgefunden, wer diese Warnung geschrien hatte. Sie fächerten auseinander, wollten Suko daran hindern, an ihre Königin heranzukommen. Von verschiedenen Seiten warfen sie sich auf ihn.

Wie bei John wollten sie Suko zu Boden wuchten. Sie waren gierig, sie hatten sich in Furien verwandelt. Gepeitscht von ihrem Haß gegen den Gegner und angetrieben von einem leidenschaftlichen Willen, griffen sie den Inspektor.

Bei ihm war es anders als bei John. Er war darauf vorbereitet gewesen und stellte sich zum Kampf gegen die Furien ...

Satanica war aufgestanden. Für den Fremden mit dem Schwert brauchte sie keinen Blick mehr zu haben. Sie konnte sich voll und ganz auf ihre Freundinnen verlassen, die ihr ihn vom Hals halten würden. Jetzt gab es nur noch einen – Baal!

Er wußte es ebenfalls. Sein Pferd trabte zwischen den Grabsteinen und fand die richtigen Lücken. Er war kein magisches Hologramm, geschickt aus einer anderen Welt. Der Diener des Götzen war bereit, sich mit der Frau einzulassen.

Auch Satanica machte es nichts aus, daß sie ihren Götzen und Geliebten in einer derartigen Gestalt empfangen sollte. Sie dachte nur an ihn, für sie war er so etwas wie ein schöner Mann, ein Adonis in einer Verkleidung.

Sie ging ihm entgegen.

Alles andere war vergessen. Sie sah nur den Reiter. Selbst die hinderlichen Grabsteine schienen sich aufzulösen, denn sie schritt mit traumwandlerischer Sicherheit an ihnen vorbei, ohne den einen oder anderen auch nur zu berühren.

Es war wie ein Traum. Und es war zugleich die Realität, die sie erlebte. Da mischten sich beide Ebenen zusammen. Es war zu einem unerklärlichen und magischen Wunder gekommen.

Sie nahm es hin.

Und sie blieb stehen, als auch der Horror-Reiter sein Pferd anhielt. Er stieg mit einer bedächtigen Bewegung vom Rücken des Tieres, streckte sein Bein aus, berührte den Boden, zog das andere Bein nach und drehte sich um.

So standen sich die beiden gegenüber.

Satanica zitterte. In ihrem Blut rumorte es. Zumindest interpretierte sie diesen Druck so. Ihr Mund bebte. Der gesamte Körper zitterte, und sie schloß für einen Moment die Augen, als der Reiter seine knochige Hand nach ihr ausstreckte.

Baal will mich fassen, dachte sie.

Satanica griff zu.

In diesem Moment der Berührung spürte sie die Kälte der anderen Welt wie einen Stromstoß. Sie wußte nicht, daß sie in den Bann des Götzen hineingeraten war und sich mit dem Kontakt unsichtbare Tore zu einer Zwischenwelt geöffnet hatten. Satanica war nur so glücklich darüber, daß es zum ersten Kontakt zwischen Baal und ihr gekommen war.

So nahe wie jetzt waren sich die beiden noch nie zuvor gewesen. Sie konnte ihn spüren, und sie merkte auch, daß in ihm eine alte Kraft steckte, die sie überhaupt nicht erklären konnte, die allerdings vorhanden war.

Etwas Neues strömte in sie hinein. Es durchdrang sie. Es ließ kein Pore ihre Körpers aus.

Sie erlebte den Rausch!

War es Liebe, Leidenschaft oder nur das pure Verlangen nach dem anderen? Sie wußte es nicht. Satanica gab sich dieser unheimlichen Gestalt, die von einer gewissen Kälte umhüllt wurde, voll und ganz hin. Sie hielt die Augen halb geschlossen, dennoch schaute sie in seine Richtung, und sie sah nur ihn. Es gab nichts anderes mehr. Die normale Welt war weit in den Hintergrund getreten und war für sie nicht mehr vorhanden. Es gab nur ihn und sie.

Er preßte sie an sich.

Das war der Moment, in dem die Frau die Augen völlig schloß. Sie wollte sich durch nichts ablenken lassen und wartete nur darauf, daß sie der Götze Baal auch in der anderen Gestalt liebte. Erst dann war der Kreislauf geschlossen und die Brücke zwischen der Vergangenheit und der Gegenwart geschlossen.

Sie stöhnte leise.

Oder war es der andere?

Sein Körper rieb gegen den ihren. Bilder entstanden

vor ihren Augen. Wie oft hatte sie vor den alten Fresken in den Museen gestanden und auf die Liebesakte zwischen Baal und Anat geschaut. Die Göttin war ihm sogar in ihrer wilden Leidenschaft bis in die Unterwelt gefolgt. Satanica fühlte wie Anat. Auch sie war bereit, ihm überall hin zu folgen.

Er ließ sie nicht allein. Sie spürte ihn. Sein Körper drückte sich gegen den ihren.

Ein harter Druck, ein sehr harter.

Dabei hörte sie ihn keuchen. Nein, nicht direkt. Der Laut war anders und auch nicht mit dem eines Menschen zu vergleichen. Die Kälte wurde dichter, dennoch fror sie nicht, weil ein heißer Strom durch ihren Körper schoß. Satanica hatte nicht mitbekommen, daß sie auf den Rücken gelegt worden war und ihr Körper jetzt die Erde berührte. Sie wollte sich den Wonnen hingeben.

Ein scharfer Geruch erreichte ihre Nase. Zuerst ignorierte sie ihn, während ihr Unterleib zuckte. Alte Geschichten aus den Völkern der Vergangenheit kamen ihr in den Sinn. Wie oft waren die Götter – männlich oder weiblich – aus ihrer Welt herabgestiegen, um sich mit den Menschen einzulassen.

Auch sie war ein Mensch, obwohl der Geist der Göttin Anat in ihr steckte.

Der Geruch blieb. So scharf, so streng, so anders. Nicht göttlich und nicht menschlich.

Eher tierisch.

Satanica riß die Augen auf.

Über ihr schwebte Baals Gesicht.

Nein, nicht mehr. Es war kein Knochengesicht mehr. Keine dunklen Skelettfratze.

Es hatte sich verwandelt.

Es war der Schädel eines Stiers!

Ich lag auf dem Bauch, und ich spürte den Druck der Körper auf meinem Rücken. Wie viele mich da zu Boden preßten, wußte ich nicht, es waren jedenfalls zu viele, um sie mit einer einzigen Kraftanstrengung in die Höhe drücken zu können. Außerdem war ich nicht Herkules oder Arnold Schwarzenegger in einem seiner Action-Filme. Mit Gewalt konnte ich nichts erreichen. Der einzige Weg war Schläue und ein gewisses Nachgeben, damit sich die Frauen in Sicherheit wiegten.

Deshalb erschlaffte ich. Und ich hoffte, daß sie diese Reaktion auch bemerkten.

Auf dem Bauch blieb ich liegen. Das Schwert hatte ich noch so gekantet, daß es nicht nach vorn zeigte, sondern neben meinem Körper an der rechten Seite lag.

Es ging weiter. Satanica hatte ihr Ziel erreicht. Der Horror-Reiter würde sie nehmen, und es würde ihr dabei nichts ausmachen, denn lange genug hatte sie darauf gewartet und sich auch entsprechend vorbereiten können.

Er war Baals Vertreter, so wie die anderen drei die Vertreter der übrigen Dämonen waren.

Daß ich noch einmal diese Seite der Horror-Reiter erleben würde, damit hatte ich auch nicht gerechnet.

Mein Zeitgefühl war nicht mehr normal. Ich wußte nicht, wie lange ich dem Druck schon standhielt, aber mein Plan schien aufzugehen, denn er war nicht mehr so stark. Es gab für die Frauen keinen Grund mehr, ihn auch weiterhin zu verstärken, denn ich war ein Mensch, der sich nicht wehrte und abgeschlafft auf dem Boden lag.

Sie hatten gewonnen.

Sie waren zufrieden, und sie bewegten sich auf meinem Rücken, rutschten von ihm weg. Ich vollzog sehr gut nach, wie sie mich der Reihe nach verließen, weil sie sich auch um ein anderes Ereignis kümmern mußten.

Bisher hatte ich nichts gesehen, denn ich lag direkt mit dem Gesicht auf dem Boden. Selbst der flackernde Kerzenschein erreichte meine Augenwinkel nicht.

Das änderte sich in dem Augenblick, als sich die Gestalt zurückzog, die meinen Kopf gehalten und auf den Schultern gehockt hatte. Die Bewegungsfreiheit war da.

Ich spannte meine Muskeln an. Nichts überstürzen. Noch waren welche da. Ich mußte den Moment der Überraschung nutzen und im richtigen Augenblick hochschnellen.

Zuerst bewegte ich die rechte Hand. Kaum hatte ich die Finger ausgestreckt, als ich schon den Griff des Schwerts berührte. Das war ebenfalls ein Vorteil. Ich wollte die Waffe mitnehmen, weil ich davon überzeugt war, daß sie mir gute Dienste leisten würde.

Die nächsten beiden Sekunden verstrichen.

Weitere ebenfalls.

Da aber wuchtete ich mich in die Höhe. Es war ein blitzschneller und auch überraschender Sprung, der mich auf die Beine brachte. Die beiden Frauen, die mich noch festgehalten hatten, wurden nach rechts und links weggeschleudert, wie Puppen. Halb kniend stolperte ich nach vorn, stützte mich mit der linken Hand an einem Grabstein ab, der für mich eine Hilfe war. Die Frauen hinter mir hatten noch immer mit ihrer Überraschung zu kämpfen. Außerdem hatte ich noch eine gefährliche Waffe mitgezogen.

Das war nicht der Grund ihrer Inaktivität. Es gab einen anderen, den ich ebenfalls sah, als ich über den Grabstein hinwegschaute. Im Hintergrund hörte ich Kampfgeräusche. Auch leise Schreie und Stöhnen.

Dort schlug sich Suko mit den anderen Frauen herum, die ihn hatten in die gleiche Lage bringen wollen, wie ich sie erlebt hatte.

Meine Augen waren starr geworden. Auch den Körper konnte ich nicht bewegen, denn was ich da vor mir sah, war unwahrscheinlich. Es mußte der Horror-Reiter sein, der auf der nackten Satanica lag. Aber er hatte sich verändert. Sein schwarzer Knochenkörper war unverändert, nicht aber sein Kopf.

Er hatte sich in einen häßlichen Stierschädel verwandelt. Wie man ihn von dem Götzen Baal her kannte ...

Satanica hatte ihr Ziel erreicht. Es war ihr endlich gelungen, den Götzen zu treffen, um das nachzuvollziehen, was in den alten Funden übermittelt worden war.

Wahnsinn!

Oder war sie Anat? Vielleicht beide zusammen. Jedenfalls mußte sie wie die Kriegsgöttin fühlen. Ein normaler Mensch hätte sich für so etwas nicht hingegeben.

Ich wollte kein Zuschauer sein. Dem Spuk mußte ich ein Ende bereiten. Ich wollte es nicht zu einem Höhepunkt kommen lassen. Die Überraschung war vorbei. Ich blieb keine Sekunde länger an diesem abgerundeten Grabstein stehen.

Auch die Frauen sahen die Szene. Sie feuerten ihre Königin an. Sie schrien mit ihren hellen Stimmen und störten die Totenruhe des Friedhofs. Ich brauchte nicht viele Schritte, um die beiden zu erreichen. Wenn die Chance bestand, dem Horror-Reiter den verdammten Stierschädel abzuhacken, war das ein großer Erfolg.

Er sah häßlich aus. Ich sah ihn deshalb so gut, weil er den Schädel gedreht hatte und schräg über das Gesicht der Satanica hinwegschaute.

Ein breiter, plumper Schädel mit einer mächtigen Stirn. Darunter zeichneten sich ölartige Augen ab, auf deren Oberfläche sich der helle Schein der Kerzenlichter regelrecht eingegraben hatte. Ein feuchtes Maul, das offenstand, so daß die breite Zunge wie ein feuchter Lappen hervorschlagen konnte.

Der Anblick war widerlich und ekelhaft. Besonders in Verbindung mit Satanica.

Ich sprang auf die beiden zu, hatte auch das Schwert angehoben, aber ich mußte näher heran, um einen gezielten Streich führen zu können.

Da erwischte mich der Hauch.

Ein kalter Reif umklammerte mich. Er preßte mir die Lungenflügel zusammen. Trotzdem stieß ich mit der linken Faust gegen den Tierschädel. Traf ihn auch und traf ihn trotzdem nicht, denn ich hatte nach einem Trugbild geschlagen. Er war nicht echt, aber Satanica mußte echt sein, denn ich hörte sie stöhnen und lachen zugleich. Ich hätte mich auf den Knochenkörper hocken können, ohne daß etwas geschehen wäre.

Dieses Finale fand nicht hier statt, obwohl ich es sah. Der veränderte Horror-Reiter mußte seine Geliebte in eine Zwischenwelt gezerrt haben, möglicherweise in die Welt der Götter, von denen ja immer wieder geschrieben worden war, ob bei den alten Griechen, den Römern und noch weiter zurückliegend.

Ich kam nicht hinein.

Noch einmal versuchte ich es. Wieder ein Fehlschlag. Meine Hand fand keinen Halt oder Widerstand.

Bis mir Suko etwas zuschrie. »Nimm das Schwert, John! Es ist was Besonderes, das weißt du!«

Ja, er hatte recht!

Ich trat etwas zurück, damit ich genügend Platz hatte, um ausholen zu können.

Meine beiden Hände umfaßten den Griff. Ich würde viel Kraft benötigen, um den Tierschädel abzuschlagen.

Das Schwert pfiff durch die Luft – und glühte plötzlich auf, als es die Grenze der Zwischenwelt erreicht hatte. Zuerst fürchtete ich mich davor, daß es verbrennen könnte oder einfach nur zusammenschmolz. Nein, zum Glück nicht. Es blieb ganz, es blieb schwer, das Material verglühte oder verging nicht.

Aber es hatte diese Zwischenwelt zerstört. Wieder überraschte mich der Windstoß. Nur zerrte er diesmal die Kälte mit, und er löschte auch das Bild des Baal aus.

Er war weg. Es gab ihn nicht mehr. Und auch der verdammte Gaul war nicht mehr vorhanden.

»Die anderen sind auch verschwunden«, meldete Suko, der auf mich zulief.

Nur eine Person war noch vorhanden.

Debora Brixton alias Satanica alias Anat.

Unbekleidet lag sie auf dem Rücken. Starr. Nicht mal ihre Augen bewegten sich.

Wir knieten uns neben sie. Suko rechts, ich links. Im Hintergrund standen die Freundinnen der Satanica. Sie tuschelten miteinander. Eine löste sich aus der Gruppe. Sie kam zu uns.

»Ich heiße Edda und möchte, wie auch meine Freundinnen wissen, ob unsere Satanica noch lebt.«

»Das habe ich noch nicht herausgefunden«, erwiderte ich. »Sie sollten sich keine Hoffnungen machen, auch wenn sie lebt. Ihr Plan hat nicht geklappt. Die

Vergangenheit ist vergangen. Wer daran rütteln will, erlebt so etwas wie Debora Brixton.«

Mehr sagte ich nicht.

Suko hatte den Puls gefühlt. »Ich denke, sie ist tot«, sagte er.

»Und woran kann sie gestorben sein?«

»Keine Ahnung. Dein Schwert war es nicht. Gehen wir davon aus, daß es Baal tat.«

»Und Anat?«

»Wie kommst du darauf?«

»Weil sie in ihr steckt«, sagte ich.

»Noch immer?«

Die Antwort gab Satanica selbst. Plötzlich riß sie den Mund auf. Ein schrecklicher Laut wehte uns entgegen. Dann schnellte ihr Oberkörper ebenfalls hoch, und ihr Gesicht verzog sich zu einer Fratze, die mit den Zügen der Debora nichts mehr gemein hatte.

Das Gesicht der Göttin.

Alt, uralt, auch aschig. Grau wie diese Dienerinnen. Mit leeren Augen, die mich an blinde Spiegel erinnerten.

Ich wollte zum Schwert greifen. Meine Hand lag bereits auf dem Griff, doch es war nicht mehr nötig.

Satanica sank wieder zurück, während wir von etwas Kaltem gestreift wurden. Als Philosoph hätte ich gesagt: Da weht die Vergangenheit an uns vorbei ...

Wir blieben in der Gegenwart und stellten beide fest, daß Satanica niemand mehr helfen konnte.

Sie war tot. Sie hatte es nicht geschafft, die Saat des Bösen aus der Vergangenheit zu holen, um davon zu profitieren. ...

Wie die einzelnen Dinge im Detail abgelaufen waren, interessierte uns zu dieser Stunde nicht. Das würden die Verhöre der dreizehn Frauen ergeben.

Zudem lag noch eine Person im Krankenhaus, die uns sicherlich ebenfalls Auskunft geben konnte.

Suko und ich brachten die tote Satanica zu unserem Wagen. Wir legten sie auf den Rücksitz. Ich hatte ihr Kleid gefunden und es mitgenommen. Damit bedeckte ich den nackten Körper.

»Was bedrückt dich?« fragte Suko, als er in mein Gesicht schaute.

»Ich kann es nicht so genau sagen. Aber es hängt schon mit den Horror-Reitern zusammen.«

»Diesmal ist es Baal gewesen.«

»Richtig. Und beim nächstenmal?«

»Drei bleiben zur Auswahl. Vielleicht ist damit eine Tür aufgestoßen worden, so daß ein neuer Weg vor uns liegt.«

»Auf den ich allerdings verzichten kann.«

»Ja, ich auch.«

Dann öffnete ich die Wagentür und griff zum Telefon.

Mein Blick streifte dabei über den Friedhof. Die Kerzen brannten noch immer. Sie würden irgendwann verlöschen, und dann würde dieser alte Totenacker wieder in Vergessenheit geraten – hoffte ich zumindest ...

ENDE

Band 73 201

Jason Dark

Shaos Totenwelt

Originalausgabe

Es war der Titel der CD-Rom, der Shao sofort in seinen Bann zog.
TOTENWELT
Die Chinesin kaufte das Spiel und probierte es sofort aus. Dabei ahnte sie nicht, daß sie längst zum Werkzeug einer dämonischen Intrige geworden war. Erst als sie erkannte, daß sie die Hauptfigur in diesem Spiel war, ging ihr ein Licht auf. Leider zu spät. Da wurde die echte Shao bereits in die virtuelle Welt des Spiels hineingezogen und durchlebte einen nie gekannten Alptraum. Die Legende der Sonnengöttin Amaterasu war zu einer schrecklichen Wahrheit geworden und sprengte die Grenzen der Vorstellungskraft.
Das merkten auch Suko und ich, denn wir wurden gezwungen, Shao in ihrer Totenwelt sterben zu lassen . . .

BASTEI LÜBBE

Sie erhalten diesen Band im Buchhandel, bei Ihrem Zeitschriftenhändler sowie im Bahnhofsbuchhandel.

Band 13 908

Jason Dark

Die Dämonen-hochzeit

Der Roman zum RTL-Fernseh-Film

Originalausgabe

Petra Klinger, eine deutsche Touristin, brach im Hyde Park tot zusammen. Bei der routinemäßigen Untersuchung stellte der Arzt eine Anomalie des Blutes fest – es war nicht geronnen . . .
Damit begann der Fall für meinen Freund Bill Conolly und mich. Recherchen führten uns nach Köln, wo es zwei ähnliche Todesfälle gegeben hatte. In der Domstadt kamen wir einer gigantischen Verschwörung auf die Spur.
Der Tod dieser drei Frauen sollte die Fürstin der Finsternis erneut erwecken, damit der mächtigste unserer Gegner, der Schwarze Tod, im Kölner Dom die langersehnte Dämonen-Hochzeit feiern konnte.

Der Roman zum RTL-Fernseh-Film mit zahlreichen Film-Bildern

BASTEI LÜBBE

Sie erhalten diesen Band im Buchhandel, bei Ihrem Zeitschriftenhändler sowie im Bahnhofsbuchhandel.